T0270330

Los perros que nadie quiere

Voz y Tiempo

edaf

Esta novela recibió el XXVII Premio de Novela Negra
Ciudad de Getafe 2023 del Ayuntamiento de Getafe.
El jurado de esta convocatoria estuvo presidido
por Lorenzo Silva, y sus vocales fueron:
Maica Rivera (directora del Festival Getafe Negro),
Pita Sopena (subdirectora de Ámbito Cultural de El Corte Inglés),
Marcelo Luján (escritor) y Lorenzo Rodríguez Garrido (escritor);
y el secretario fue Miguel Ángel Martín Muñoz.

JUAN GONZÁLEZ MESA

Los perros que nadie quiere

www.edaf.net

MADRID - MÉXICO - BUENOS AIRES - SANTIAGO

2023

© 2023, De esta edición, Editorial EDAF, S.L.U.
© 2023, Juan González Mesa
Diseño de la cubierta: Gerardo Domínguez
Maquetación y diseño de interior: Diseño y Control Gráfico, S. L.
Todos los derechos reservados

Editorial Edaf, S.L.U.
Jorge Juan, 68,
28009 Madrid, España
Teléf.: (34) 91 435 82 60
www.edaf.net
edaf@edaf.net

Ediciones Algaba, S.A. de C.V.
Calle 21, Poniente 3323 - Entre la 33 sur y la 35 sur
Colonia Belisario Domínguez
Puebla 72180, México
Telf.: 52 22 22 11 13 87
jaime.breton@edaf.com.mx

Edaf del Plata, S.A.
Chile 2222
Buenos Aires – Argentina
edafdelplata@gmail.com
fernando.barredo@edaf.com.mx
Telefonos: +54 11 4308-5222 / +54 9 11 6784-9516

Edaf Chile S.A.
Huérfanos 1179 – Oficina 501
Santiago – Chile
comercialedafchile@edafchile.cl
+56 9 4468 0539/+56 9 4468 0537

Queda prohibida, salvo excepción prevista en la ley, cualquier forma de reproducción, distribución, comunicación pública y transformación de esta obra sin contar con la autorización de los titulares de la propiedad intelectual. La infracción de los derechos mencionados puede ser constitutiva de delito contra la propiedad intelectual (art. 270 y siguientes del Código Penal). El Centro Español de Derechos Reprográficos (CEDRO) vela por el respeto de los citados derechos.

Octubre de 2023

ISBN: 978-84-414-4269-6
Depósito legal: M-28434-2023

Dedicado a Jesús

Namque fuit pugna illa hominique in tempus iniqua.
(Y la lucha de los hombres contra el tiempo fue terrible).

Tengo siete vidas como un gato.
Tú solo tienes una y eres un
chivato.

—Ayax. 4x4.

Índice

Prólogo

Tormenta

Francis Claro tuvo un perro gris chocolate al que quiso con locura. Lo llamó Tormenta. Era como un potro salvaje, no aprendía trucos y no se cansaba. Tampoco le gustaba el agua. Cuando padre ordenó que lo bañara en el patio pequeño de la finca La Maquinita, el perro ya tenía tres años, Francis quince, por la noche habría luna nueva y los hombres habían salido a controlar el desembarco de hachís.

En La Maquinita solo quedaban padre, Dominico y un par de militares que habían acudido a almorzar. También estaba la cocinera, Regla, y un jardinero del que Francis nunca supo el nombre. No era habitual que padre le ordenara ese tipo de cosas. El chico sospechaba que padre se había enterado de que Tormenta lo había intentado morder un par de veces, y que los estaba poniendo a prueba tanto a él como al perro.

Dominico andaba por allí, como si no mirara, toqueteando las brevas a ver si estaban buenas. Francis se había llevado algunas carcasas de pollo para recompensar a Tormenta si se portaba bien. Las carcasas habían sido hervidas hasta quedar blandas como cartílago. Las tenía en una bolsa de plástico que colgó en la manija del grifo de la manguera.

Mandó un par de sonoros besos al aire para llamar al perro. Este acudió sin demora, como siempre que lo reclamaba Francis, ya que la llamada de su joven amo solía significar juego o comida. Gris. Chocolate. Amor.

En cuclillas, el chico le agarró el pellejo del pescuezo, dejó que le lamiera la cara, le frotó el lomo con fuerza, se tiró con él al suelo y pelearon un rato sobre el cemento húmedo. Aquella era zona de hormigas y de niños. El patio pequeño estaba rodeado por dos paredes de alambrada cubierta de enredadera y la pared del cuarto del jardinero. Estaba limpio de avispas.

Había una canasta de baloncesto.

Antes de darse cuenta, Francis le había dado a Tormenta una de las carcasas de pollo. El perro masticaba aquel premio con los ojos entrecerrados, sabedor de que no competía con ningún otro animal. Durante un instante de estupidez, Francis se llegó a preguntar por qué no eran hermanos; y por qué su padre no era un perro.

—Pórtate bien —le ordenó—. Por favor.

Le aplicó el enganche de la cadena a la arandela metálica del collar. El perro se alzó con rapidez sobre las patas; aquello no le gustaba. Entonces pareció darse cuenta de que se encontraba en el mismo lugar en el que habían intentado darle un baño un par de meses antes.

Francis se forzó en no buscar la ayuda ni la mirada de Dominico. Cogió la manguera y mojó a su perro con un chorro caliente que se iba volviendo fresco. Tormenta se intentaba escapar, tironeaba como un pez que lucha contra el anzuelo sin saber siquiera que existe una caña; se enfadaba; se empezaba a parecer a un perro que no tuviera nombre.

Francis se acercó con el jabón para perros. Si lo dejaba en un simple remojón, padre notaría que olía a perro mojado, incluso peor que seco.

«¿Estás seguro de que quieres tener un perro?», le había preguntado su padre dos años atrás. «Es mejor cogerlo recién nacido», había dicho Dominico. Ambos, con su advertencia y con su consejo, tuvieron razón. No era algo que Francis quisiera pensar mientras jugaba con él.

—Pórtate bien —suplicó.

Acercó el jabón. El mordisco fue como un relámpago. Francis se apartó y, en cuanto los dedos comenzaron a sangrar, puso la mano bajo el chorro de agua fría. Aquello dolía como si se hubiese cogido los dedos con una puerta. El perro, quieto, mantenía el jalón de la cadena, su manera de ignorarla. Miraba a Francis de refilón.

Dominico se acercaba, todo pecho, barriga y piedad.

—¿Qué ha pasado, Francis?

«Cualquier cosa que digas, podrá ser usado contra tu perro».

Pero no era una pregunta que necesitase respuesta.

Le quitó la mano del chorro de agua y le enrolló una toalla con fuerza, le puso la mano contra el pecho y la otra sobre la toalla para que no la moviera.

Dominico era una de esas personas que daban los consejos una sola vez y jamás decía: «Te lo dije». Te dije que no le dieras premios si no obedecía. Te dije que no dejaras que jugara encima de ti. Te dije que no dejaras que fuera por delante, que le pegaras con un periódico. Te dije lo que le pasa a los perros que muerden a los dueños.

Su padre solo había tenido que hacer una pregunta que comprendía todas aquellas cuestiones.

—Ahora vengo —dijo Dominico.

—No, por favor.

—Zagal…

El hombre le tenía cariño, pero era un hombre de su padre, no de Francis. En otro momento de estupidez pensó en intentar convencerlo de que bañase él al perro y que no le contasen a su padre lo que había pasado, que le contasen cualquier cosa sobre la herida de la mano. Sin embargo, si padre lo había puesto a prueba a él aquella tarde que avecinaba luna nueva, no era difícil comprender que sus hombres siempre estaban a prueba, incluido Dominico.

Así que este marchó y Francis se quedó con el perro, que ya de nuevo parecía tener nombre, Tormenta, y que mordisqueaba la carcasa hervida de pollo, mojada por el agua de la manguera, sobre el cemento, el rincón de los niños y las hormigas.

Aunque aquella casa y aquella familia solo habían parido un niño.

Francis miraba a su perro. Los dos militares permanecieron apartados, Dominico a media distancia, mientras padre se acercaba. La toalla estaba empapada de sangre, pero el chico no sentía el más leve mareo; era fuerte.

Padre llevaba un arma de fuego en la mano. Francis dejó de mirar a Tormenta.

—Ha sido culpa mía —dijo.

Tenía el corazón en los oídos, pero lo dijo.

—Está bien —respondió padre—. Eso quería escuchar.

Le pasó el arma. Le hizo un gesto a Dominico con la cabeza y este se acercó para coger la cadena que ataba a Tormenta. Todas las órdenes estaban dadas, así que padre se giró y volvió con sus amigos militares. Entonces Francis se llevó la toalla y la mano a la cara, y lloró.

Quince años. Lo bastante mayor para querer follar y lo bastante chico para no querer matar. Dominico silbó para espabilarlo.

—Vamos a un sitio —dijo.

Aquel día, que se encaminaba sonriente hacia una noche sin luna, noche de fuerabordas y costo, Francis Claro no se hizo un hombre, pero sintió con claridad el peligro que había en ello. «¿Estás seguro de que quieres tener un perro?», le había preguntado padre cuando tenía trece años; qué cojones quería que respondiera.

Se vio montado en el asiento de copiloto del todoterreno con el que Dominico realizaba encargos para la organización. Tormenta iba detrás, lloriqueando por estar mojado y lejos de casa, y lejos de él. Francis también lloró de nuevo; se hacía de noche. En cierto momento, Dominico paró y echó el freno de mano. A Francis le impresionó el sonido de aquel mecanismo, su rudeza, su similitud con una guillotina para papel.

Antes de que pudiera darse cuenta, el hombre de padre había sacado a Tormenta del coche. Lo llevaba a jalones de la cadena. Tormenta solo era capaz de resistirse al jalón, pero como los peces que no conocen la existencia de la caña, estaba fuera de su alcance morder la mano que lo arrastraba.

Francis buscó el arma de fuego en su regazo. Por un instante se sintió capaz de ir tras Dominico y pegarle un tiro en la cabeza para salvar a su perro; olvidó la existencia de padre y del mundo. Se frenó, porque era demasiado chico para querer matar, pero lo bastante mayor para saber que Tormenta, de cualquier manera, iba a acabar sacrificado; si lo hubiese querido vivo debería haber sido un tío duro con él, con el perro, en su debido momento.

Apretó fuerte la mano del mordisco hasta que dolió más que el mordisco de su perro, y un poco más, hasta que dolió más que la pérdida, y no se mareó en ningún momento, porque era fuerte, pero habría querido desmayarse.

Y hubo ladridos hasta que dejó de haberlos.

Dominico tardó en llegar. Francis no había escuchado ningún disparo, pero el hombre de padre, según decían, sabía matar con navaja. Era noche cerrada, infectada de estrellas que no tenían que rivalizar con ningún otro astro, y en las inmediaciones de la carretera solo había un viejo edificio de ferroviario y una chatarrería. Era terreno baldío, escombrera y ratera de los suburbios.

Cuando Dominico entró en el coche trajo aire frío, a pesar de ser verano.

—¿Lo has dejado libre?

El hombre negó.

—Podría haber vuelto a casa. Abre la ventana, coge la pistola y dispara al aire. Le vamos a decir a tu padre que lo has matado tú, y es capaz de olerte la ropa.

Aquel plan rápido asombró al chico; en cierto modo, fue como descubrir a un Dominico distinto debajo del Dominico de siempre.

—¿Padre no se fía de ti?

El hombre lo miró. Le acomodó el arma en la mano y señaló hacia la ventana.

Hacia la ratera.

Hacia la tumba dispersa.

PARTE

I

EL ENCARGO

Llegan dos mercenarios

El buldócer levantó la tierra y el cemento, y arrastró los restos de valla oxidada y de naturaleza muerta. Otras máquinas demolían el chalé o movilizaban palés de material para la nueva estructura. Francisco Claro garabateó su firma en un par de albaranes que le ofrecía el jefe de obra. Sus ojos volvieron rápidos al trabajo de demolición.

Los planos del proyecto eran suyos, así como la voluntad de arramplar con aquella cosa que había supuesto una gran parte de su infancia, y cambiarla por algo de otro siglo. Le pareció que la pala del buldócer arrastraba, entre cientos de kilos de material, una vieja goma de manguera.

—¿Y los pinos, señor Claro? —preguntó el jefe de obra.

—¿Otra vez? Que los pinos se quedan.

—Ya, yo lo decía por la procesionaria.

—También se queda.

Francisco sonrió al hombre y le puso una mano en la nuca para que notase que no estaba enfadado.

—Esos árboles son más viejos que yo, Carlos. Y el olor... joder. ¿Oler a algo que te haga sentir otra vez como un niño de vacaciones? Eso no se puede sustituir con dinero, Carlos. Te lo digo yo. No tiene precio.

—Por eso no vendió.

—Por eso no vendí.

Luego se sacó las gafas de sol del bolsillo delantero de la camisa, pero las mantuvo en la mano, sin colocárselas. Señaló con ellas una línea de higueras.

—Si no recuerdo mal, en un par de meses, por junio, esas van a estar a reventar de brevas de las negras. ¿Tú cómo lo ves? ¿Me las podré comer en la terraza?

—Pues no sé, como usted lo quiere todo por papeles...

—Carlos, quiero a todo el mundo contratado, cumpliendo sus horas, y que no se mueva una máquina para la que no tengamos permiso. Yo no sé cómo harías las cosas con mi padre...

—Con su padre y con medio municipio...

—Bueno, pero a mí me han colocado una lupa encima. Entonces, qué, que no estará en junio, ¿verdad?

Carlos cabeceó y enarcó las cejas con desánimo.

—Yo creo que sí.

—¿Pues entonces para qué me dices nada de contratar a gente sin papeles?

En cuanto lo preguntó, cayó en la cuenta de que un tipo como Carlos, que había visto hincharse la burbuja del ladrillo, estallar, hincharse y deshincharse, no conocía otro modo de concebir el mundo. En aquella tesitura, el jefe de obra no podía dejar de pensar en las decenas de miles de euros que su cliente estaba perdiendo por hacer las cosas de manual, y los cuantos miles que él no iba a poder escamotear gracias a las leyes no escritas de su oficio.

Francisco también conocía otro oficio que se movía fuera de los límites de los manuales. Algunas de las mañas de ese oficio eran útiles en circunstancias como aquella, así que se colocó las gafas de sol, le volvió a poner la mano en la nuca y apretó un poco.

—Pues eso, Carlitos —concluyó.

En *eso* entraba absolutamente todo; ningún fallo, ningún escaqueo monetario, ninguna demora, cosas que el jefe de obra ya conocía, porque llevaba trabajando para la organización muchos años. Lo dejó plantado, intimidado, con sus albaranes y sus dudas, y se encaminó a la entrada de la finca, donde lo esperaba el vehículo de Domi, Domingo, hijo de Dominico.

El chaval era carne de televisión, chulo de gimnasio muy moreno y, solo en teoría, bien vestido: cuello de camiseta que mostraba la línea de los pectorales y pantalones estrechos y arrugados por los tobillos, anchos y arrugados igualmente por la cadera; cadena de plata, piercings en la ceja izquierda y la lengua; guapo como el diablo.

Estaba sentado sobre el capó de una máquina de dos toneladas y media cuyos tapacubos valían más que el sueldo mensual de aquellos peones de obra, un Rezvani Tank comprado en el mercado de subastas por cincuenta mil euros, a menos de un tercio de su precio de fábrica.

Domi le mandó un beso sarcástico a Carlos, y Carlos negó con la cabeza, incapaz de enfadarse con el chaval, y siguió a sus cosas.

—Vámonos —dijo Francisco.

—Como usted diga, señor arquitecto.

—¿A qué hora sale tu padre esta tarde?

—A partir de las cinco.

—Pues vamos a recogerlo.

—Pues vale.

A Domi no le hacía especial ilusión recoger a su viejo. «Lo tenía muy visto». Aquella frase llevaba bastante más carga de profundidad de lo que aparentaba, como solía suceder cuando al chaval le daba por abrir la boca. A sus veintiún años no había leído un libro por gusto, no había pasado de un módulo de FP de mecánica, pero discurría a todos los niveles necesarios para comprender el mundo.

Y a su padre lo tenía muy visto, muy escuchado, y no era la primera vez siquiera que lo esperaba en la puerta de la penitenciaría. La anterior, el chico acababa de cumplir seis años y su madre ya había enfermado de cáncer de pulmón. Francisco sabía lo que era criarse sin madre y con un padre que podía faltar en cualquier momento; se volvía imprescindible espabilar rápido.

Una vez en el coche, Domi dio marcha atrás y maniobró para enfilar la carretera como si manejase una peonza sobre la mano. Aunque tanto a Francisco como a Dominico la adquisición del todoterreno les había parecido una frivolidad, era cierto que el chico se había ganado cada céntimo que costó; era trabajador, leal e implacable, y el Rezvani Tank poseía unas características técnicas que eran garantía para poder salir de cualquier embrollo. Estar montado en aquella bestia cuando él conducía era como ir a la guerra dentro de un dragón con ventanas.

Proporcionaba cierta sensación de invulnerabilidad.

—Hemos quedado antes de comer con la piba que nos recomendó el tío de la Costa del Sol que era amigo de mi padre, Azcona. La tengo que poner al día para lo de mañana.

—¿Nos fiamos?

Francisco elevó los hombros y resopló.

—Ese hombre fue a mi comunión, pero claro, quién sabe. El caso es que ahora mismo necesitamos una cara nueva y ella lo es. Veremos si responde.

—De puta madre —dijo el chico—. ¿Está buena?

—Ni que te gustaran las mujeres...

Domi lo miró por encima de las gafas de sol con aquellos ojos de ámbar ardiente, sonriendo.

—¿Te crees que te voy a respetar porque tengas veinte años más que yo?

—Nueve. Pero me vas a respetar porque soy tu jefe y esto es España.

El chico soltó una carcajada, cabeceó y dijo:

—Te voy a denunciar. Me estás haciendo *bullying*.

—*Mobbing*. El *bullying* es lo del colegio.

—Y ahora me deja en ridículo. Lo que yo te diga... *bullying* de libro.

—Venga, capullo, tira para el Venicio.

El chico imitó el saludo militar y puso el intermitente para coger la salida de la carretera. El Venicio era un restaurante en mitad de una estación de servicio donde ya nadie paraba desde que habían puesto una comarcal a medio kilómetro de allí. Tanto el hostal como la gasolinera y el propio restaurante conservaban actividad completa por el solo hecho de que había que mantener las apariencias y seguir pagando facturas de electricidad, pero por cada euro que se hacía en cada una de sus cajas entraban cinco euros de dinero negro.

Todo el sitio estaba en manos de la misma familia, un clan formado por el gerente, su hermana y su cuñado, tres chavales aproximadamente de la edad de Domingo y un par de niños que se estaban criando entre jamones colgados, navajas de recuerdo, gatos sarnosos y, de vez en cuando, reuniones de la mafia local.

Existía la leyenda urbana de que el gerente, Venicio Santos, había matado a su mujer por tener algo con un camionero, cuando todavía pasaban por allí los camiones. Aquella leyenda se remontaba a los tiempos del padre de Francisco, y cuando los más viejos la comentaban, lo hacían con sonrisas cómplices. Francisco siempre quiso pensar que las bromas se debían a que, en realidad, la mujer de Venicio se había fugado con alguien y, aunque él prefería que se pensase que se la había cargado, la gente más o menos cercana conocía la verdad.

A Francisco, en cualquier caso, le parecía una bajeza el solo hecho de mostrar curiosidad por el asunto. Mantenía las buenas relaciones con Venicio y los suyos heredadas de su padre, pero, en el fondo, despreciaba al hombre y deseaba poder sacárselo de encima como quien se quita una postilla bajo la que quizá siga habiendo sangre. Despreciaba la tierra raquítica que representaba, de tiranos de su propia sangre. No veía el momento de derivar todo el blanqueo de dinero a mecanismos que oliesen distintos al Venicio. Por el momento mantenía la idea de, antes de llegar a ello, dejar con mejor perspectiva de futuro a ese pequeño clan detenido en el tiempo, que incluía adolescentes y niños, y alejarlos sin crearse enemigos.

Cuando llegaron, la mujer se encontraba esperando fuera del restaurante, a la sombra de la pared lateral que daba al aparcamiento, acodada sobre unos enormes barriles de agua, cerca de una modesta Kawasaki KLX equipada con alforjas. Llevaba el pelo pajizo recogido en una cola de caballo, ropa oscura de motera y una mochila militar pegada a las botas. Fumaba un cigarrillo de liar que tiro al suelo en cuanto el todoterreno aparcó en el extremo más alejado del terraplén.

—Parece que lleva la casa a cuestas —dijo Francisco.

Domi entendía que al jefe no le gustasen los socios cuyo domicilio fuese difícil de localizar, pero se limitó a encogerse de hombros y respondió:

—No está malota.

—Sé un profesional, cojones.

Salieron del coche. Francisco le hijo un gesto a la mujer para que entrase antes, de modo que nadie desde fuera pudiera pensar que se conocían. La motera recogió la mochila, se puso el casco en el codo y accedió al Venicio. Mientras Francisco se distraía mirando las ventanas de redes sociales a través del móvil, Domi hizo como si le interesase la mala hierba que crecía en las grietas del suelo de cemento. Luego entraron en el restaurante.

El hijo de Venicio, un cuarentón sordomudo llamado Tomás, purgaba un barril de cerveza en la barra del comedor; madera casi negra, una cabeza de toro, un escudo del Betis, máquinas expendedoras con el plástico tubular amarillento y un televisor enorme para el fútbol. Tomás les saludó con la mano y les indicó que pasaran al patio. Había que cruzar una puerta de madera con un cartel de prohibido el paso, un corto pasillo en el que se almacenaban barriles y cajillos vacíos, y una puerta de cristalera con el mismo cartel.

El patio del Venicio era muy grande, techado como un invernadero, con las cristaleras abiertas para que el calor fuera soportable. Olía a humedad y polvo. Había macetas reventando de vegetación y enredaderas, azulejos verdiblancos por doquier y un pozo ciego adornado con geranios. La mujer aguardaba de pie junto a un grupo de sillas de hierro forjado y mesas de mármol entreverado, carnoso.

—¿Aquí estamos bien? —preguntó.

—Aquí estamos perfectamente. —Los tres sacaron sus móviles, los despojaron de batería y los pusieron sobre una mesa—. Francisco Claro.

Se estrecharon la mano. Hizo lo mismo con Domi, que dijo:

—Domingo Fossati.

—Ada Negre.

Al estar tan cerca, Francisco se dio cuenta de que Ada presentaba un tono de piel algo macilento, más allá de que se notaba curtida por el sol; tenía ese brillo esquivo de quienes no pasarían con nota un chequeo médico. Parecía cansada, pero sus movimientos eran enérgicos y sus ojos, verde selva, apuntaban nervio, viveza, sobre una fina y ambigua sonrisa.

Tomaron asiento. Tomás, el sordo, asomó la cabeza para ver si querían algo. Domi le hizo un par de gestos, indicando lo que iban a consumir él y su jefe, pero Ada negó con la mano.

—¿No quieres agua siquiera?

—Un poco de agua está bien.

Domi pidió el agua moviendo con claridad los labios. El heredero de aquel imperio de carencias y espejismos despareció sin excesiva prisa.

—¿Cómo ha ido el viaje? —preguntó Francisco.

—Bien —respondió escueta Ada.

—¿Largo?

—No.

—¿De dónde vienes?

—Me estoy quedando en un *camping*.

Había no menos de diez *campings* en la comarca, por no hablar del resto de la provincia, pero el jefe se dio cuenta de que Ada evadía conscientemente facilitar su ubicación; él, al fin y al cabo, aún no era su jefe, así que lo dejó pasar.

—Me han comentado que fuiste de Operaciones Especiales, ¿verdad? Escuadrón de Zapadores del Ejército del Aire. Perdona mi ignorancia, ¿eso es lo que conocemos como Boina Verde?

Ada movió la mano a un lado y a otro para indicar que se aproximaba bastante, pero no era exactamente eso, o no necesariamente. Francisco permaneció unos segundos en silencio, hasta asegurarse de que la mujer no iba a añadir ninguna explicación. Entonces dijo:

—He organizado algunos viajes a Gibraltar para invertir dinero. En cada viaje iban un abogado y dos hombres de seguridad. Tenemos motivos para pensar que sus entradas y salidas han llamado la atención, así que hay que cambiar de equipo. He pensado en un abogado distinto y una mujer que se ocupe de la seguridad; así podría parecer que son novios, amantes… lo que sea. Llamar menos la atención.

—Ok.

—El general Azcona dice que trabajaste para él en la seguridad del Marbella Pokerhouse, antes de que metieran dinero los chinos y le obligaran a contratarla con una franquicia. ¿Has trabajado en algún otro sitio?

—Un par de discotecas; Ibiza y Fuengirola.

—Bien. Azcona era muy amigo de mi padre. Le ayudamos a levantar el casino, para que no figurara su nombre en aquel entonces, porque todavía no se había retirado. ¿Os conocíais del ejército?

—Más o menos. Le hablaron de mí y me dio trabajo.

—Perfecto. Me ha pasado muy buenas referencias tuyas. Me dijo «Búscale algo a la niña cuando puedas». Y aquí estamos, buscándole algo a la *niña*.

Ada no siguió la broma de ninguna manera, ni volteó los ojos, ni resopló, ni hizo siquiera un gesto de disgusto. Solo dijo:

—Gracias.

—Bien.

Francisco miró a Domi, por si este ofrecía algún enfoque para romper la sequedad de la interlocutora, pero el chico estaba bien como estaba, incluso pasando un buen rato.

—Entonces —continuó—, necesito que mañana te vistas para parecer la novia de alguien, ya me entiendes.

—Claro.

—Tienes que asegurarte de que no le pasa nada al abogado, que es el que va a llevar la pasta encima, pero tú sabrás lo mismo que él sobre lo que hay que hacer con ese dinero. Si las cosas no van exactamente como yo he pedido, me lo tienes que contar. Él no sabe que tú lo sabes, esto es importante.

—¿Puedo preguntarle algo, señor Claro?

Aquella muestra de iniciativa animó al hombre de un modo que le hizo decir:

—Llámame Francisco.

—Bien. Estoy buscando algo de estabilidad. Me gustaría saber si vas a seguir cambiando de equipos para los viajes una vez que hagamos este.

—No necesariamente. Tampoco me hace mucha gracia compartir los detalles de mis asuntos financieros con un grupo amplio de personas. El pago son dos mil euros, mil ahora y mil a la vuelta, ¿te parece bien? Ten en cuenta que, si os pillan, el único que va a firmar papeles es el abogado. Tú eres solo…

—La rubia tonta —acabó Ada—. Pero si hay un problema, la que va a poner el cuerpo soy yo.

Domi se inclinó hacia delante para intervenir, pero Francisco le hizo un gesto con la mano, pidiendo silencio. Mantuvo la mirada de la mujer unos segundos.

—No tengas prisa —dijo finalmente el jefe—. Si quieres algo estable, y trabajas bien, con nosotros tendrás estabilidad, y el sueldo irá mejorando. Hablamos de un día de trabajo.

Ada Negre estuvo un rato en silencio. El discurrir del pensamiento provocó que la viveza de sus ojos se apagara hasta parecer dos botones verdes y húmedos; muertos.

Como si apuntara.

Francisco, entonces, fue consciente a un nivel intelectual y a un nivel instintivo de que no tenía ni puta idea del tipo de persona que había tras esa mirada.

Luego la mujer dirigió la vista a Domingo.

—Me encanta tu coche. Estoy pensando cambiar de moto, ¿te gustan las motos?

—Sí, señora.

—¿Me ibas a decir algo antes?

Domi aguantó el tipo y resistió la tentación de mirar a Francisco. A su edad había pegado más palizas que un portero de discoteca jubilado, pero esa tranquilidad incómoda, esos silencios psicópatas de la mujer, lo impulsaron a hablar con cautela.

—Nada, lo que ha dicho el jefe, que, si te lo curras, todo llega. Tú has visto el coche; me lo he ganado trabajando.

—Guay. —Se frotó los ojos, negó un par de veces, como si se corrigiese a sí misma. Luego dijo—: Sí, tenéis razón. Perdonad, pero estoy un poco cansada. Me parece justo.

—¿Todo bien? —se preocupó Francisco.

Tomás apareció en el patio portando una bandeja en la que había una jarra de agua y tres vasos, un café con leche y una lata de bebida energética. La dejó en la mesa, sirvió un vaso de agua para Ada y se fue en silencio. La mujer dio un trago largo.

—Sí, todo bien.

—El general dice que sabes improvisar, que eres discreta y que no te arrugas.

—Tengo un buen entrenamiento.

—Bien. Espero que en Gibraltar solo te haga falta ser discreta. Tú vas a saber qué sitios hay que visitar, qué papeles hay que mover y dónde debe ir el dinero. Si el abogado me quiere estafar, no lo impidas; te callas y me lo cuentas. No lo solucionas allí, ¿de acuerdo? Si os intentan atracar, tanto en España como en la colonia, esa es otra cosa. Haces lo que puedas y, si te detienen, llamas al número que te voy a dar. Cualquier cosa rara, cualquier duda, llamas al número que te voy a dar. Es una línea segura.

—Perfecto.

—¿Tienes buena memoria?

—Sí.

—Voy a necesitar que lo memorices todo. El teléfono, la cuenta, los pasos a seguir...

—No hay problema.

—¿Quieres saber algo más?

—¿Se supone que va a conducir él?

—Nadie dice que tengas que hacer de florero. Es solo un cambio de caras y que sea más difícil, aunque sea un poco más difícil, que alguien sospeche de vosotros. Si crees que tienes que conducir, conduce. Lo de rubia tonta no lo he dicho yo. ¿Tienes licencia de armas?

—Sí.

—En Algeciras tenemos un sitio donde la puedes dejar, un piso. Es allí donde vas a quedar con el abogado. Hacéis noche, salís a primera hora, os encargáis del papeleo en Gibraltar, volvéis al piso, recoges el arma...

—Bien.

Francisco sacó un sobre y se lo pasó a Ada. Luego, de un fajo de billetes cogidos con una pinza metálica extrajo dos y también se los dio.

—Los mil y otros doscientos para gastos. A la vuelta, olvídate del Venicio. Quedaremos en otro sitio.

La mujer se guardó el sobre en el bolsillo interior de la chaqueta motera y los billetes en el pantalón. Luego levantó la batería para preguntar si ya podía encender el móvil.

—Todavía no —dijo Francisco—. Me han hablado bien de ti, pero no te conozco, y tú no me conoces. Mi padre tenía amigos militares. Aunque a la gente le suene raro, la disciplina militar es bastante buena para este negocio, muy... homologable. Así que te pregunto, porque una vez que me respondas, ya no habrá marcha atrás: ¿sabes lo que significa trabajar con nosotros?

Ada apoyó los codos en las piernas, como Domi, más inclinada aún, de modo que tuvo que mirar a Francisco hacia arriba.

—Yo sí. Somos traficantes de drogas. Y espero que no se parezca al ejército.

—¿Por qué?

—¿Aquí dejamos tirados a los nuestros?

Tras despedir a Ada, Francisco decidió almorzar en el Venicio y de ahí salir directamente a recoger a Dominico en la puerta de la penitenciaría. El gerente del local se sentó a comer y charlar con ellos, aunque el chico, Domi, estaba tramitando cuestiones vía móvil casi todo el rato.

La cuñada de Venicio les puso por delante una ensalada tosca, que consistía en grandes rodajas de tomate y cebolla, hojas de lechuga, remolacha y melva. Luego llevó un cuenco con rábanos flotando en agua y una parrillada para compartir. El gerente, antes de empezar a comer, ya se había tomado dos vasos de vino, y ordenó otra botella en cuanto llegó la carne.

—Los nietos pasaron la varicela hace poco, ¿no? —se interesó Francisco.

Venicio primero se encogió de hombros, pero luego reflexionó y asintió lentamente.

—Hay que empezar a pensar en ellos —siguió el jefe—. Mira, estoy empezando a invertir en serio. Si quieres dejarle algo limpio a los críos, habla conmigo y te echo el cable, ¿vale?

—Algo limpio... —murmuró este en un tono del que no se podía saber si opinaba bien o mal de aquello. Atacó un trozo de carne y dijo—: Está muy hecha.

—Está buena, hombre.

—Suelta el móvil, niño, y come —ordenó Venicio.

Domi levantó la vista de la pantalla, algo sorprendido por el tono, pero hizo caso, soltó el aparato y cogió un par de rábanos del cuenco. Los masticó con parsimonia, sin dejar de mirar al hombre, dejando claro que estaba ridiculizando su imaginario ascendente sobre él.

—Yo no sé cómo serán los niños en tu pueblo —dijo—, pero tengo veintiún tacos.

Venicio se limitó a asentir. Francisco miró la comida, el pensamiento fijo en otra parte. Con esa mirada abstraída preguntó:

—¿Qué os ha parecido esa mujer?

—Da un miedo de cojones —dijo el chico sin que el pensamiento pasara por ningún filtro—. ¿No habrá venido zumbada de la guerra?

—¿De qué guerra? —preguntó Venicio, incrédulo, con la lengua algo pastosa.

—Según quien nos la recomendó, ha estado en misiones en el frente, pero la mayor parte de la información es clasificada —respondió Francisco—. Era paracaidista, al fin y al cabo. Eso quiere decir que te tiran en un sitio donde no se puede llegar en coche ni en barco, o donde no te quiere dejar pasar el enemigo.

—Una mujer paracaidista —se indignó Venicio—. Ahora le pasa algo y todo el mundo pendiente…

Francisco levantó la vista de la comida. Se pasó la lengua por los labios. De repente la leyenda sobre la mujer de Venicio se había asentado como bruma sobre la mesa. De repente, el recuerdo de la que fue su esposa le vino a la cabeza, incluso recordó el sabor de un bocadillo de lomo en manteca que le había preparado cuando era niño, mientras los hombres negociaban en ese mismo patio. Se llamaba Francisca; le caía bien por aquella estúpida coincidencia.

De repente, tenía ganas de cerrarle la boca a ese bastardo necesario.

—Hay una cosa que no sabes sobre las mujeres, Venicio —dijo, muy calmado, con una sutil sonrisa—. Sobre una mujer en concreto, pero puedes aplicarlo a la vida.

—¿Ah, no?

—No, no lo sabes. Bueno, fue un año y medio antes de que mi padre muriera. Había un tío que nos había robado, y encima el cabrón iba por ahí alardeando, ¿no te suena?

El gerente se llenó de nuevo la copa, pensativo, hasta que finalmente negó.

—Las bandas pequeñas nos estaban mordiendo fuerte y mi padre tenía que mandar un mensaje, pero lo que quería hacerle al que nos había robado no era... no era un servicio que fueran capaces de dar nuestros hombres. Si te fijas, somos gente bastante normal.

—Hombre, tampoco somos fruteros —intervino Domi.

Francisco lo miró. Su sonrisa se había transformado en algo que parecía decir: «Joder, chaval, no tienes ni puta idea de lo que hay por ahí fuera». Luego siguió hablando.

—Mi padre mandó venir a alguien, un hijo de puta de Vallecas. Le dijo que quería mandar un mensaje, en plan ruso. El tío tenía un mote, Cabezahueca. Le importaba un carajo que lo llamaran así. Cabezahueca. Llevaron al ladrón a la chatarrería y lo ataron. El Cabezahueca se quedó con él a solas veinte minutos. Cuando salió, le había aserrado el hueco de los codos y las corvas, y le había cortado la lengua. Lo dejaron en la calle, vivo.

Domi levantó las cejas tanto como le daba la frente; en ese momento parecía un niño. El Venicio, sin embargo, escuchaba la historia con fascinación morbosa.

—La madre del ratero se acabó enterando de todo; al fin y al cabo, lo habíamos hecho para que corriera la voz. Pero se acabó enterando de los detalles, soltando un billete por aquí y otro por allí. Yo creo que tuvo que usar el dinero que el ratero había ganado al robarnos; el gilipollas lo escondería en su casa o algo, no lo sé. El caso es que se enteró de todo y contrató al Cabezahueca para un trabajo. No se olió nada... por algo lo llaman Cabezahueca. Cogió otra vez el autobús Madrid-Cádiz. La señora le dijo que el encargo era cargarse a mi padre. El tío se negó y la señora le clavó un cuchillo aquí. —Se señaló un poco encima del ombligo. Eso sí hizo que Venicio pusiera gesto de disgusto—. No lo mató; no pudo. El Cabezahueca la consiguió estrangular, pero cuando salió a la calle, agarrándose las tripas para que no se le salieran, lo detuvo la policía. Fíjate lo curioso, que en el juicio se entendió que la mujer había actuado en defensa propia. Cabezahueca acabó en la trena sin cantar, aunque ya dentro de la cárcel Dominico contactó con él y este le contó toda la historia.

Francisco cogió el vaso de Venicio y tiró el vino a una maceta cercana. Luego giró el cuchillo de carne un par de veces, para apuntar hacia el interior y hacia el exterior de la mano, con una soltura que sorprendió al resto. Entonces añadió:

—¿Te imaginas lo que habría hecho esa mujer si hubiese sido entrenada en el ejército?

Venicio no dijo nada. Miró esquivamente el lugar donde había sido vertido el vino que se iba a beber, su vino, y luego se limitó a asentir.

—¿Dejaron al ratero vivo? —preguntó Domi, con una sombra de sospecha.

—Sí, pide en la calle. Seguro que lo has visto alguna vez. Consiguió que le escribieran un cartel para dar más pena, donde dice que lo dejaron así por defender a su país.

—¡Hostia! —exclamó el chico—. Si es ese, yo le echaba dinero de vez en cuando. Murió de frío el invierno pasado.

—Pobre —se atrevió a decir Venicio.

Luego miró a Francisco por si le había ofendido el comentario, pero este asintió con lentitud y concluyó:

—Pobre. Le pasó el cabrón de mi padre por encima, y el invierno.

Se dirigían camino a la penitenciaría de Puerto II en el Rezvani Tank, seguidos de cerca por un coche con dos hombres de la organización que les habían dado el encuentro en el Venicio. Si viajaba fuera del municipio, la experiencia le había enseñado a Francisco Claro que era mejor contar con algo de seguridad. Aquellos hombres llevaban mucho tiempo trabajando para la familia; habían sido seleccionados directamente por Dominico en una época en que las calles eran más peligrosas.

Domi llevaba un auricular para poder escuchar mensajes en el móvil que reposaba entre sus piernas, mientras Francisco dejaba que el aire lo refrescase a través de la ventanilla. Se encontraba demasiado reflexivo, no solo por la influencia desagradable de Venicio y la historia que había contado, relativa a su padre y la violencia, sino también por los recuerdos que removía en él la puesta en libertad de Dominico.

Era un hombre de una generación intermedia entre la suya y la de su padre, con una diferencia de edad parecida a la que había entre él y Domingo. Sin embargo, a varios niveles, parecía que el chaval de veintiún años que conducía el todoterreno, y que era su mano derecha en las calles, había heredado algunas virtudes y la mayoría de vicios del padre de Francisco, y este hubiese recibido una impronta más profunda del leal y discreto Dominico. Por ejemplo, no se veía a sí mismo ordenando a un psicópata que torturase a ningún ser humano para mandar un mensaje a las pequeñas mafias locales; había otro modo de resolver las cosas. Sin embargo, no podría poner la mano en el fuego respecto a Domi.

El chico tenía algo en los ojos que jugaba a mostrarse y esconderse. Quizás eso le había puesto nervioso de Ada Negre, porque la exmilitar parecía capaz de taladrarte la pupila y observarte el cerebro si le mantenías la mirada el tiempo suficiente.

Domingo era violento y autocomplaciente. Dominico era recio y responsable. Ambos, muy capaces de matar por el negocio, pero, en el caso del viejo, Francisco dudaba que encontrase placer en la violencia.

Cuando murió el padre de Francisco, su lugarteniente llevaba ya unos años cumpliendo condena. Tuvieron una breve conversación telefónica en la que se abrió una puerta que confirmaba la complicidad que habían tenido bajo el mandato de Ernesto Claro. Dominico le dijo: «Chico, lo siento en el corazón, pero hoy estoy más tranquilo».

El señor Claro había muerto de un modo muy improbable para un mafioso; intentó desatascar la puerta automática del garaje de la casa que tenía en la ciudad, la puerta se plegó hacia arriba repentinamente y le aplastó los huesos frontal y temporal izquierdo. Estuvo en coma ocho días, hasta que la jefa de la unidad de cuidados intensivos le explicó a Francisco que su padre era y seguiría siendo un cuerpo con el cerebro muerto, y la respiración asistida, el tiempo que quisieran que siguiera siéndolo.

Francisco, aquel día, se sorprendió a sí mismo ordenando, sin ningún género de dudas ni asomo de arrepentimiento, que lo desenchufaran. A la semana, rescató apuntes de su carrera y comenzó a dibujar los planos de la casa que pensaba edificar cuando derribase todo lo viejo de la finca familiar, La Maquinita.

El campo monótono y pardo se desarrollaba a su vista, y el viento le secaba los ojos, y mientras iban a recoger a lo más parecido a un tío o padrino que había tenido Francisco, pensó en cómo habría sido su vida si su padre se hubiese dedicado a sobrevivir como el resto de los mortales. No conocería historias de madres que pagan al asesino de su hijo para que mate a otro asesino, pero conocería otras historias.

El teléfono sonó. El número entrante aparecía identificado como KGB. La mayoría de los contactos de su teléfono no estaban agendados con sus nombres reales, por seguridad. KGB, llamado en realidad Ivan Sokolov, era un antiguo socio de su padre con el que dejaron de hacer negocios cuando este comenzó a invertir en el mundo deportivo e inmobiliario, y les dejó franco el terreno del tráfico de drogas y armas.

Hacía tiempo que no hablaban, y ni él ni KGB eran de los que llamaban para ponerse al día de sus respectivas vidas, aunque se guardaban respeto y alguna vez se habían hecho favores mutuamente en los respectivos negocios, facilitando algún contacto o advirtiendo de alguna oferta de inversión. En el funeral de su padre, Ivan Sokolov había enviado una enorme corona y, como deferencia, había costeado un busto de Ernesto Claro para que adornase la tumba.

Descolgó.

—Muy buenas tardes, ¿qué tal?

—Mi querido amigo Francis —respondió Ivan con su extraño acento, donde el origen ruso se mezclaba con el hecho de haber aprendido castellano en Marruecos—. ¿Puedes hablar?

—¿A qué nivel?

—¡Solo para ti y para mí, hombre!

—Pues entonces, más tarde.

Ni siquiera miró a Domi de reojo.

—Vale, Francis, pero ten cuidado.

—¿A qué nivel?

Ivan se rio por la repetición, y, con tan buen humor como si hablasen de un encuentro de fútbol, dijo:

—Aún no lo sé. Llámame en cuanto puedas.

Y colgó.

Francisco frunció el ceño. Ivan siempre había sido un bromista, pero no gastaba ese tipo de bromas; nadie en el negocio gastaría ese tipo de bromas, a no ser que tuviese interés en que comenzases a desconfiar de todo, para distraerte o provocarte algún tipo de error; sin embargo, Ivan no estaban en el negocio.

Domi no preguntó si todo iba bien; ya había aprendido que, en ocasiones, el jefe no podía hablar siquiera con su mano derecha presente. Además, en breve era bastante probable que la mano derecha de Francisco Claro volviese a ser Dominico Fossati.

En cuanto llegaron al aparcamiento de la penitenciaría, Domi salió del coche para alejarse y charlar con los hombres de seguridad. De este modo dejaba a Francisco la intimidad necesaria para devolver la llamada a Ivan.

El ruso tardó dos tonos en coger el teléfono, señal inequívoca de que había despejado la agenda para poder atender al hijo de su viejo socio.

—Ya estoy solo —dijo Francisco—. ¿Cómo es de grave?

—Francis, Francis, perdóname si estoy demasiado viejo y me altero con facilidad —dijo el ruso—. A lo mejor es una tontería. Ojalá.

—Ni lo menciones; me fío más de tu cabeza que de la mía. Cuéntame.

—¿Has podido ofender a alguien? ¿Has tenido algún asunto que haya terminado mal?

—Como no sea un tío que me quería comprar la casa de campo por cojones… Me tuve que poner bastante serio, y el tío estaba muy loco, que no entendía un no.

Sokolov hizo una pausa, como si valorara esa información. Luego hizo un sonido de disgusto con los labios.

—Me refiero a algo de verdad… de alguien de verdad, ya sabes, Francis. De los nuestros.

Francisco no necesitaba esforzarse para recordar si se había granjeado un enemigo en el mundo criminal, pero, aun así, pensó unos instantes antes de responder:

—Está todo normal, Ivan. Mantenemos los precios. Estoy invirtiendo para meter dinero limpio en España a través del extranjero, y para tener una reserva invisible, vamos, nada del otro mundo. La distribución funciona, Domi controla perfectamente las calles y Daniel a la gente del menudeo... ¡si están casi todos en clubes cannábicos! Es que no sé...

—Políticos, policías...

Si algo había conseguido Francisco Claro desde que llegó a la cima del clan fue racionalizar y mejorar las relaciones con todos los confidentes, contactos y gente comprada. La organización cada vez se parecía más a una empresa con derechos y deberes laborales y empresariales que a una organización criminal clásica, más cercana al feudalismo.

—Todo en orden, que yo sepa. ¿Qué pasa?

El viejo Sokolov respiró con pesadez, algo parecido a un suspiro. Por el sonido que produjo, el cabrón debía estar más gordo que nunca.

—Intenté dejar bien a mi gente cuando me retiré —dijo—. Mis chicos eran muy duros, muy buenos en el negocio...

—No tienes que jurarlo.

Ambos se rieron, aunque Francisco con humor fingido. La puta mafia rusa daba miedo incluso desde la jubilación.

—Eran duros, pero no valían para muchas más cosas —siguió Ivan—, por eso les ayudé. A uno le puse un gimnasio por aquí, a otro lo sigo teniendo de seguridad, otro se encarga de desocupar viviendas... Ya sabes, cosas que se adaptaran a sus habilidades.

—Tenías una buena cuadrilla.

—Tenía una buena cuadrilla, sí.

A riesgo de ser escuchado desde fuera, Francisco bajó la ventanilla del todoterreno porque el aire dentro se estaba volviendo insoportable.

—Y tenía un hombre que me alegré de quitarme de encima. Pensé que estaba en la madre patria, Francis, pero parece que se alquila aquí en Europa. Me enteré antes de ayer, no me preguntes cómo, de que había estado cruzando la frontera de Francia. Entonces tuve una intuición y pensé: «A este no lo contratan para cualquier cosa». Y ahora está en tu territorio.

—¿Quién es?

—Es un kazajo llamado Arman. Un mal bicho. Le ponía los pelos de punta a los míos; decían que estaba metido en cosas raras.

—Dedicándonos a lo que nos dedicamos, Ivan, no tengo ni puta idea de lo que puede significar eso.

El ruso no respondió; respiraba pesadamente al otro lado de la línea.

—¿Sabes algo más, Ivan?

—No digo que ese cabrón vaya a por ti, pero es que eres el único pez gordo de la zona...

Francisco se apretó el puente de la nariz, reflexivo, y acabó la frase:

—Y aunque no vaya a por mí, que yo no sepa nada ya es mala señal.

—Una vez discutí con tu padre porque pensé que había comprado a Arman. Los habían visto juntos en una reunión en La Maquinita. Tú ya eras grande y no ibas por allí. A mí tampoco me gustaba ir. No me gustaba la gente que iba.

Existía el rumor entre algunos hombres, aunque nunca con faltas de respeto o mala intención, de que Ernesto Claro había organizado personalmente fiestas privadas en las que contactaba prostitutas de lujo con gente importante. Si aquello era cierto, no formaba parte del negocio que deseó que su hijo heredara; no lo puso al corriente cuando Francisco volvió de estudiar el máster de Arquitectura en Boston.

—Imagino que nunca he visto al kazajo —dijo.

—Te voy a mandar al móvil la foto que le sacaron ayer en tu provincia. Igual es una tontería. Me gustaría habértelo dicho en persona, pero las piernas me están matando. ¿Cuánto tiempo hace que no nos vemos, Francis?

—Uf. Algunos años, Ivan. Oye, gracias por el aviso. Espero la foto.

—Sí, dame dos minutos, que soy un poco torpe con esto. Cuídate, por favor.

—Y tú cuida esas piernas. Gracias, Ivan.

Colgó y salió del todoterreno; Domi daba una carrerita para recibir a su padre Dominico, que acababa de cruzar la puerta exterior de Puerto II. La visión de su padrino, confidente, protector, padre postizo, más delgado y con el pelo algo más largo que de costumbre, le produjo una oleada de afecto y preocupación. Aquel sentimiento no borró sus cavilaciones, pero las igualó, y Francisco Claro agradeció que por sus venas siguiese circulando sangre de mamífero.

Los hombres de seguridad se quedaron cerca de él, en el aparcamiento; ninguno hizo el gesto de marchar para proteger a Domingo, posiblemente porque así lo había ordenado este. Francisco vio que padre e hijo se daban un abrazo, y también agradeció que el chico no se hubiese vuelto tan frío con su padre como le gustaba aparentar.

El móvil le vibró. Dominico y Domi se acercaban. Francisco sintió una muy leve punzada de remordimiento por romper el momento atendiendo a los negocios, pero miró el móvil, porque ese tipo de remordimientos interpersonales eran reminiscencias de una vida a la que había renunciado cuando aceptó heredar los negocios de su padre.

La vibración correspondía a la entrada de un mensaje, un archivo de imagen. Al abrirlo, ya sabía que se trataba de la foto de Arman, el kazajo, que le había prometido Ivan Sokolov. En principio, no reconoció la calle de la imagen, ni la ciudad dentro de la provincia, pero la luz era diurna, quizá del atardecer. El tal Arman parecía saludar discretamente a alguien. No era gran cosa, de estatura media, con un jersey de cuello vuelto que, en lugar de realzar un cuerpo atlético, lo hacía parecer más delgado, casi como un insecto. Su rostro de rasgos severos se envejecía por un bigote que llegaba hasta los lados de la barbilla.

Entonces, justo antes de levantar la cabeza para saludar a su querido y fiel Dominico, Francisco se dio cuenta de un detalle que hizo que el frío se apoderara de sus tripas.

Tabaco de liar

El abogado era un tipo rubio algo más joven que Ada, con un rostro de rasgos anodinos, pero de gran viveza, que pasaba de modo pícaro a modo profesional en un parpadeo. Por su manera de charlar y desenvolverse, Ada apostó a que venía de familia obrera, que había conocido la calle con más intensidad que los libros en la infancia, y se había sacado la carrera de Derecho como necesario ascensor social para no limitarse a una vida abocada al trabajo en los Astilleros, mariscando o, quizá, en el mismo ejército.

Un tipo apañado, simpático y ambicioso. Tampoco requería un manual de instrucciones para entender que usaba esa cercanía para que los demás bajasen la guardia, pero aquel detalle tenía una solución sencilla; no bajar la guardia nunca.

Se llamaba Roberto Pérez, seguía viviendo con su madre, principalmente para cuidar de ella y emplear todos sus ahorros en inversiones distintas a pagarse un alquiler o una hipoteca. Le pidió que lo llamara Rober, aunque Ada no solía dirigirse a nadie por su nombre. Sin embargo, cuando le dio esa entradilla, captó toda su atención poniéndole una mano en el hombro y le dijo:

—No vas a intentar ninguna gilipollez, ¿verdad?

No, no iba a intentar ninguna gilipollez con el dinero de Francisco Claro; o, al menos, si se le había pasado algo así por la mente, los verdes ojos muertos de Ada Negre le quitaron las ganas.

Accedieron a Gibraltar sin problemas aduaneros. Según las instrucciones que el jefe le había hecho memorizar, debían manejar una cantidad de dinero que no parecía caber en la cartera de trabajo de Rober, pero no hizo preguntas. Ya dentro del peñón, Ada se dio cuenta de que Francisco no le había contado todo sobre el plan. En el coche había ocultas barras de oro que debían cambiar por dinero para invertir en un par de locales que el abogado sí conocía. Una vez hecha la transacción, se dedicaron al papeleo blanqueante.

Los billetes poseían marcadores que permitían que un detector pudiese contar cuánto dinero había dentro de un maletín sin tener que abrirlo, o eso le explicó Rober. El oro oculto en el coche, sin embargo, era un metal dentro de un enorme cubo de metal.

El día tuvo que ver con testaferros, firmas digitales, entidades bancarias en edificios que parecían pequeños templos romanos, comprobaciones a tres de cuentas, un par de sobornos dentro de los límites aceptables que había indicado Francisco Claro, y un almuerzo al sol, antes de volver a Algeciras.

Una vez superada la tensión del trabajo, y sin el peso de un dinero que no era de ninguno de los dos, y que por fin había llegado a su destino, Ada se dio cuenta de que el abogado, en el asiento del copiloto, estaba comenzando a ponerse nervioso. Se encontraban guardando una cola de coches que no duraría mucho antes de volver a pasar por el control aduanero español.

Como todavía no podían moverse, sacó una faltriquera de cuero con los útiles para el tabaco, y se la pasó.

—¿Sabes liar?

Rober miró la bolsa alargada con varios departamentos. En principio, no parecía siquiera entender qué era aquello.

—Es para que te ocupes, así te relajas. ¿Sabes liar?

—No.

Ada asintió y alargó la mano para abrir la faltriquera con dos dedos.

—Yo cojo un filtro y me lo pongo encima de la oreja para aguantarlo, como el que se pone un lápiz. —Esperó a que Rober la obedeciese. Los dedos no le temblaban, pero cogían las cosas con demasiada urgencia—. Tranqui. Luego, yo me aguanto un papelillo en los labios, pero sin mojarlo, con los labios secos.

El coche de delante se movió varios metros. Ada metió primera y manejó la dupla de embrague y acelerador con exquisita suavidad, hasta ponerse de nuevo a pocos palmos del siguiente vehículo.

—Ahora coge un pellizco de tabaco con la mano derecha y te lo pones en la palma de la izquierda. ¿Eres diestro?

—Sí. Gracias.

—Tranqui. Echa un poco más. Así está bien. Ahora, con la derecha, no me vayas a tirar el tabaco, coge el papel y comprueba por dónde está el borde que brilla. ¿Ves?

—Sí.

—Pues tienes que poner el papel sobre el tabaco, y el borde que brilla, que tiene la goma arábiga, debe estar mirando hacia abajo, hacia la mano.

—¿La qué?

—El pegamento. ¿Nunca te has liado un porro?

—Los hacía una novia que tuve. Cuando la dejé, dejé los porros. Por cierto, esto es un poco sospechoso, ¿no?

—Tú hazlo.

De nuevo tuvo que dar movimiento al motor para seguir la desesperante estela del resto de la fila. Un agente hablaba con las personas del coche de delante. Otro se acercó al que conducía Ada. Esta fue bajando su ventanilla.

—Ahora pon una mano sobre la otra y dale la vuelta a todo eso como si fuese una tortilla, para que esté el tabaco arriba y el papel abajo.

—Joder, Ada…

—Tranqui…

Rober obedeció.

—Pon la boquilla en un extremo, comienza a liarlo con los dedos. —Hizo el gesto que el abogado debía imitar, para dar forma cilíndrica al cigarrillo, para cerrar uno de los bordes con los pulgares y, por último, pasar la lengua por la banda de goma arábiga—. Así.

El agente se agachó un poco para saludar por la ventanilla. Intentó fijarse en la conductora, pero los ojos se le desviaron de inmediato hacia el tipo que estaba estropeando un cigarrillo de liar, y que ya mostraba la lengua llena de picaduras de tabaco.

—Buenas tardes —dijo.

—Buenas tardes —saludó Ada.

Roberto enmendó como pudo el cigarrillo, y escupió los restos de tabaco. El agente sonrió con benevolencia.

—¿Tienen algo que declarar?

Ada frunció los labios y se limitó a negar con la cabeza. Rober había recobrado la compostura, así que señaló la guantera con el propio cigarrillo y dijo:

—No hemos venido a comprar. Le quería enseñar a mi amiga el peñón. ¿Necesita ver los papeles?

El agente asintió, ya que estaba allí, pero con la vista puesta en el siguiente coche. Cotejó los documentos y se detuvo en la tarjeta de militar retirada de Ada Negre. Luego miró a Ada unos segundos, como si quisiera desentrañar qué historia había detrás de aquella mujer que estaba aún en edad de trabajar, pero no hizo ninguna pregunta.

—Que pasen buena tarde —dijo, y dio un golpecito al capó para que avanzaran.

Ada metió primera, luego segunda, y sacó el coche de allí. El abogado terminó de limpiarse las manos y los pantalones de restos de tabaco.

—La estaba cagando, ¿no?

—Se te veía nervioso.

—Muy buena —reconoció Roberto—. Alguien que tiene algo que ocultar no se pone a liarse un cigarrillo cuando se está acercando un policía. Esa me la guardo.

—No te flipes. Yo lo había dicho para entretenerte. Podía haber salido mal.

—Bueno, pero ha salido bien.

—Tiene que haber cien gilipollas que se pusieron a liarse un cigarrillo cuando llegaba la poli, y los pillaron con doscientos kilos de jaco en el maletero. Dame que lo encienda, y ya te diré yo cómo ha salido. Oye, ¿por qué te has puesto nervioso cuando ya estaba todo hecho?

—¿Y tú por qué te has puesto tan charlatana ahora?

Ada encendió el cigarrillo. Se inflamó por el exceso de aire en el interior y la mitad exterior ardió en un instante, como un clínex. Luego la deflagración se detuvo. Dio una calada y, tras soltar el aire, dijo:

—Lo que tuvo que aguantar tu novia.

—Sí, sí, pero no me has respondido. Llevas todo el día que no me entras al trapo y ahora que ya nos vamos a despedir me estoy enterando de cómo suena tu garganta. ¿Y eso?

—Ah, eso. Porque yo hablo cuando quiero, no cuando quieren los demás.

El sol se ponía tras los edificios cercanos a un puerto abarrotado de contenedores, olores y gaviotas chillonas. El aire se estaba enfriando. El abogado y la exmilitar se iban a despedir, la una de pie junto a su moto y el otro en el coche con el que habían ido a la colonia inglesa. Ambos habían rendido cuentas a Francisco Claro desde el piso franco, llamando a la línea segura, primero de modo individual y luego juntos, por videoconferencia.

Roberto le hizo un gesto infantil con el dedo para que se acercara. Ada sonrió. Dio de mala gana los pocos pasos que la separaban del coche y se apoyó en el borde de la ventanilla.

—Ahora soy un mierda —dijo Rober—, pero si las cosas me van bien, es posible que necesite a alguien como tú.

—¿Me estás pidiendo el teléfono?

—Sí, pero no te pongas muy digna. ¿Sabes la novia esa que me liaba los porros y que me dejó? Pues era un novio.

—Lo que tuvo que aguantar.

El abogado soltó una risotada. Sin perder un ápice de su fabulosa expresividad, dijo:

—¿Por qué te dedicas a esto?

—Para vivir de puta madre.

—Pues ya somos dos.

Se sacó una tarjeta de la cartera y se la pasó a Ada.

—Yo no pido, cariño. Yo doy. Por si no repetimos en esta operación, por si dentro de un tiempo quieres saber cómo me va, por si quieres invertir… ahí me tienes.

Ada tomó la tarjeta sin mirarla y se la guardó en el bolsillo de la chupa de motera.

—¿Quieres tomar algo?

Rober encogió la nariz y negó, agradeciendo y declinando la oferta al mismo tiempo.

—Tengo que ir a casa. La chica que cuida a mi madre se querrá largar ya.

Ada asintió. ¿Sería eso lo que le hizo ponerse nervioso cuando estaban a punto de salir de Gibraltar, pensar que su madre llevaba sola la mitad del día? Cualquier remordimiento barato podía provocar que alguien fallase un tiro en el momento menos indicado.

Sin venir al caso, y tal como se cruzó por su mente, preguntó:

—¿Cuánto te ha pagado Francisco?

—No lo bastante.

—Pero más de dos mil pavos, ¿verdad?

Roberto enarcó las cejas, arrancó el coche y metió la marcha atrás. Mientras se alejaba, dijo por la ventanilla:

—Cariño, ¿qué le hago? ¡Haber estudiado!

Y se largó.

Ada Negre se quedó allí plantada, a pocos pasos de su modesta Kawasaki KLX. Un observador imparcial podría haber opinado que estaba buscando las palabras adecuadas, y no se habría equivocado, porque después de unos segundos, dijo:

—Yo me cago en tu puta madre, Francisco Claro.

Llegó ya de noche al *camping* Rider. El sitio poseía algunos bungalós para los surferos que llegaban a Tarifa en temporada baja con la idea de aprovechar el oleaje de primavera. La dueña, hasta que el tiempo no mejorase, no admitía locos que quisieran ahorrarse un dinero plantando tiendas de campaña; al parecer, en una ocasión un tipo sufrió una hipotermia y aquello estuvo a punto de costarle la licencia. Por eso, hasta junio, solo admitía gente para los bungalós.

Ada aparcó la moto frente al suyo, bajo el toldo que cumplía las funciones de porche. La estructura metálica exterior y los arbustos que aislaban su parcela estaban plagados de florecillas blancas y acampanadas que a esas horas desplegaban una intensa fragancia como a almíbar. Ada había comprobado que esas florecillas, cuando eran despojadas suavemente del pistilo, donaban una gota de néctar más rico que cualquier producto de supermercado.

Abrió la endeble puerta del bungaló y encendió la luz; el agente se encontraba sentado en el único sofá de la sala. A la izquierda estaba la puerta del baño y a la derecha la del agobiante dormitorio. Frente al tipo, una mesa playera y una tele moderna, posiblemente más cara que el resto del mobiliario, atornillada a un mueblecillo con ruedas.

El agente lucía bigotillo y el pelo rizado, panza, brazos fuertes, camisa de manga corta y pantalones vaqueros, zapatillas deportivas, una chamarreta sobre las piernas y, muy posiblemente, un arma de fuego bajo la chamarreta.

—CNI, supongo —dijo Ada.

—A tu servicio. ¿Qué tal en el peñón?

Ada le dio la espalda para dejar su chaqueta de motorista en un colgador poco fiable, junto a la puerta. Cerró, se apoyó en la pared, cruzada de brazos, cruzada de piernas, y lo miró.

—¿Esto va a ser así, siempre? ¿Y si llego a venir con alguien?

El hombre le quitó importancia a ese detalle con un molinete de la mano.

—Me han encargado que venga para que me pongas al día. Tu anterior enlace ha sufrido un accidente laboral, y llevaba las cosas con mucha discreción. ¿Estás dentro ya?

—He tenido un encargo comprometido gracias a las referencias, sí, pero yo no diría que estoy dentro. Tengo que quedar con el jefe para que me pague la otra mitad.

—¿Y la mitad que ya te ha pagado?

—A buen recaudo.

—Ese dinero es una prueba.

Ada agarró una banqueta y se sentó a poca distancia del agente del CNI, las rodillas en contacto, las manos cerca.

—Está visto que te tengo que poner al día —dijo—. Yo me voy a infiltrar en esa banda y os voy a dar lo que haga falta para que la desmontéis o para que trabajéis con ellos, pero todo el dinero que gane, todo, es para mí. Si me pagan por hacer de guardaespaldas, por esconder un alijo o por quitar a un hijo de puta de en medio. Ese es el trato.

El agente se pasó la lengua por los dientes, lo que provocó que su bigotillo se moviera como un ciempiés. Sonrió.

—Tú quieres una patente de corso.

—Yo quiero retirarme a costa vuestra.

—Resentidilla, ¿verdad?

—Joder.

Lo dijo con el mismo tono con el que habría dicho: «¿A ti qué te parece?». El agente asintió, sin prisa. Luego se encogió de hombros y le ofreció la mano.

—Me llamo Mateo Duncan.

Ada dejó que la mano se quedase allí en medio hasta que el agente la retiró.

—Lo único que sé de ti es que quedaste fuera del ejército por motivos médicos —dijo Duncan—. Imagino que Defensa no se portó como es debido.

—¿Cómo se llama cuando dices algo muy suave que en verdad quiere decir algo muy feo?

—Eufemismo.

—Pues lo que has dicho es un eufemismo, sí. Vinimos unos cuantos cientos de soldados enfermos del frente, pero esto ha sido como el juicio aquel famoso contra las tabacaleras, que parece que no se pudo demostrar que el tabaco dé cáncer.

Duncan silbó, las cejas enarcadas.

—Vaya… Algo había oído, sí. Tiene que ser una jodienda, que te manden a un sitio que te ha costado la salud, lo nieguen, te den la patada y luego te llamen del CNI para pedirte ayuda.

—Pues tenéis a un montón de gente ahora mismo a vuestra disposición. Otra cosa es que os escupan en la cara y trabajen para el otro bando.

—No hay mucha gente con tus capacidades, enferma o no.

Ada frunció el ceño, en una especie de tregua, y se echó hacia atrás en la banqueta. Estaba confiada en que habría un respaldo, y eso hizo que perdiera el equilibrio y braceara para no caerse. Mateo Duncan la agarró de la muñeca y tiró de ella para volver a sentarla.

—¡Cuidado!

Nada más Ada recuperó la postura, se miraron y rompieron a reír. El agente se llevó las manos en forma de cúpula a la boca, para amortiguar el sonido, mientras Ada reía sin restricciones.

—Madre mía, las capacidades... —dijo entre toses.

—Pero si te matas, ¿qué pongo yo en el informe?

Ella alzó la mano, mientras se tranquilizaba, como si pidiera silencio para poder hablar. Cuando pudo hacerlo, dijo:

—El otro agente no estará de baja por una gilipollez de estas...

Duncan siguió con la boca tapada unos segundos. Tenía los ojos llorosos. Luego se secó las lágrimas y negó con un dedo.

—Qué va, qué va... Está fastidiado el hombre. Una entrega que salió mal. Me parece que su pronóstico es reservado, pero está en las mejores manos posibles.

Ada se levantó de la banqueta y le mostró a Duncan su propia arma.

—¿Y por qué me da que me estás mintiendo?

El agente se levantó y echó a un lado la chamarreta solo para darse cuenta de que Ada había fingido estar a punto de caerse para robarle el arma.

—¿Cómo sé que eres del CNI?

—Ada, qué coño haces.

—Lo que sé hacer. ¿Quién eres?

—Mateo Duncan.

—¿Por qué te has colado en el bungaló?

—¡Porque no nos podemos ver en una cafetería, hostias! ¿Estás loca?

Ada ladeó la cabeza. De repente fue como si mirase a través de él, como si hablase con el sofá.

—Paso número uno: vuestra gente presiona al general Azcona para que le dé referencias mías a Francisco Claro. Paso número dos: vuestra gente pone nervioso a Francis Claro en Gibraltar para que tenga que contar con gente de fuera, por ejemplo, gente recomendada por el cabrón de Azcona; o sea, yo. Paso número tres: acepto cualquier trabajo del clan de los Claros y me gano su confianza. Paso número cuatro: asciendo en la organización como sea. Paso número cinco: consigo pruebas contra Francisco Claro por algo que implique cárcel. Paso número seis: os lo dejo en bandeja. Imagino que alguien, antes que yo, os dejó en bandeja a Azcona. Imagino que funciona así.

—Dame el arma.

—Presta atención, porque eso es lo que yo hago por vosotros, pero no te he explicado lo que vosotros hacéis por mí. En medio de todos esos pasos, consigo todo el dinero que pueda, tengo libertad para cometer cualquier delito y, al acabar el trabajo, me fabricáis una identidad nueva y un pasaporte. Hay una cosa que me jode.

El agente hizo lo posible por no mirar la pistola a pesar de que comenzaba a elevarse para apuntarle al pecho. Tensó los músculos por si tuviera que saltar hacia un lado. Dejó que Ada siguiera hablando.

—Lo que me jode es que tú esto no lo sepas, Mateo Duncan. ¿Tú compañero se inventó el trato? ¿No lo vais a respetar?

—No es así. ¡Ha sido todo muy repentino!

—¿Voy a ir a la cárcel, Mateo?

—No. Respetaremos el trato.

—¿Me vais a quitar la pasta?

—¿Es lo único que te importa?

—No me han dejado ser patriota, amigo.

—Tendrás tu dinero y tendrás tu pasaporte.

Ada volvió a enfocar la mirada en los ojos de Mateo Duncan. Miró el arma con tranquilidad para comprobar si el seguro estaba puesto. Luego la bajó.

—No vuelvas a colarte en mi casa en tu puta vida —dijo.

Dejó el arma sobre la mesa y entró en el pequeño baño para sentarse a orinar. Mientras lo hacía, comenzó a liarse un cigarrillo.

Violencia

Aquella tarde-noche Francisco Claro, Domingo y los dos hombres de seguridad llevaron a Dominico a su viejo piso del centro, que durante su estancia en la cárcel había sido mantenido en condiciones por un servicio doméstico. La nevera estaba llena, había ropa vieja y ropa nueva, y las ventanas habían sido sustituidas por unas modernas, insonorizadas.

El baño había sido sustituido por una placa ducha con todas las comodidades y las toallas nuevas colgaban de unas barras que las mantenían tibias y, por tanto, secas. Mientras Dominico se daba una ducha en condiciones de higiene e intimidad, el resto se dedicaba a ver la tele, excepto Francisco, que, asomado al pequeño balcón, mantenía vivos los negocios. Aprovechó ese tiempo para contactar con Roberto Pérez y Ada Negre, en Algeciras, que lo pusieron al tanto de la operación. Quedó en llamar a la exmilitar al día siguiente para entregarle el resto del pago.

Cuando Dominico salió de la ducha, con su albornoz y zapatillas nuevas, abrió los brazos y dijo:

—Madre mía, qué gusto. He llorado y todo, joder.

Domi aplaudió.

—Mañana te voy a llevar a que te hagan unos piercings.

—Una polla, me van a hacer.

—Si le has cogido gusto…

El padre se acercó al hijo abriéndose el albornoz y Domi saltó del sofá y huyó haciendo aspavientos exagerados. Francisco casi pudo sonreír con sinceridad.

Los hombres insistieron en brindar por el regreso del hombre fuerte de la banda. Lo hicieron con Chivas Regal, el whisky rico de los pobres; costumbres de matones.

—¿Qué te gustaría hacer? —dijo Raimundo.

Tanto él como el otro de seguridad, Dani, habían estado a las órdenes de Dominico antes que entrara en prisión.

—¿Tú sabes una cosa que se echa de menos en la cárcel, Raimundo? —dijo Dominico al tiempo que se volvía a abrochar.

—Estar solo —admitió el hombre.

—Y sentarme en mi sofá, ver en mi tele lo que me salga de los huevos, hasta la hora que me salga de los huevos, dormir espatarrado en mi cama y levantarme a las tantas.

—Pues nada —dijo Domingo—, vamos a celebrarlo nosotros.

Le dio otro corto abrazo a su padre, y un beso en el cuello. Dani y Raimundo volvieron a estrecharle la mano antes de dirigirse a la puerta. Francisco Claro se quedó allí, sin necesidad de permiso ni de tener que dar explicaciones, así que los otros tres salieron sabiendo que lo tendrían que esperar abajo.

Lo último que oyó Domi antes de cerrar la puerta fue a Francisco diciendo:

—Bueno, Dominico, te pongo al día.

Raimundo y Dani vestían ambos con camisa monocolor y americana oscura, pantalones a juego con la americana y zapatos de suela gruesa, tácticos. Sin embargo, el primero parecía un galán mediterráneo con su pelo engominado y su perilla, piel morena y lunar enigmático incluidos, y el segundo mostraba las greñas rubiazcas propias de un hippie irredento y tenía pendientes de hueso en ambas orejas.

A pesar de eso, a Domingo le caía mejor Raimundo. Le parecía más franco, abierto de mentalidad y más valiente; Dani siempre había tenido para él un algo falso, y no le costaba imaginarlo en discotecas poco coincidentes con su edad, engatusando a niñas a cambio de algunas rayas y algunas historias de violencia.

No había nada de puro en él.

Mientras esperaban al jefe, ambos discutían sobre si Dominico estaba en forma o no, si dejaría el negocio u ocuparía un papel secundario, si se habría hecho el puto amo de Puerto II o habría optado por pasar desapercibido. Domi sabía que si intervenía en la conversación acabaría siendo palpable el resentimiento que sentía por toda aquella admiración. Su padre, al fin y al cabo, era un tipo que no tenía más aspiraciones aparte de seguir las órdenes de su jefe, y en cierto momento fue demasiado torpe y se dejó atrapar por la policía. Dos veces.

Fue fiel al no soltar prenda, pero esa cualidad se podía encontrar en muchos animales amaestrados. Incluso Raimundo, que tenía una mirada más despierta, no dejaba de ser un macaco que se pensaba superior al resto de la sociedad porque tramitaba asuntos ilegales, ganaba pasta y era capaz de disparar.

Y ya. Violencia a cambio de dinero. Amaestramiento. Todos de la vieja y patética guardia, muy distintos a los chavales que había reclutado Domingo y que iban montados en su nube.

Francisco bajó finalmente del piso. Señaló a Raimundo mientras se acercaba y le dijo:

—Hoy no hagas planes. Si el viejo necesita algo, te quiero aquí en diez minutos.

—Por supuesto.

Dani abrió los brazos con ese toque chulesco e indolente que solía imprimir a sus palabras.

—Bueno, entonces, ¿quiénes celebramos?

—Yo me tomaría una copa —respondió Francisco mientras miraba el reloj—, pero luego para casa. Raimundo, coño, una copa sí nos tomamos, pero aquí cerca, ¿vale?

—Me parece perfecto.

—De puta madre —dijo Domi, aunque pensase otra cosa.

Los cuatro muchachos llegaron con sus vespas negras y aparcaron alrededor del tanque urbano de Domi. Eran sus fichajes, chavales de entre dieciocho y veinte años que habían progresado haciendo de puntos en los desembarcos de hachís, dirigiendo pequeñas cuadrillas de trapicheros, entrenando mucho en el gimnasio y, finalmente, pasando a estar bajo las órdenes directas del segundo del jefe en encargos más importantes. Iban a la moda, como él, tatuados y bellos, rapados, discretos pero chulos al mismo tiempo.

—¿Qué tal tu padre? —preguntó uno de ellos.

—De lujo. Oye, me voy a tomar una copa. Nos vemos dentro de una horita o así donde siempre, ¿vale?

Los chavales miraron a Francisco y saludaron con la mano o inclinando la cabeza; era el jefe de su jefe y estaba a mucha altura sobre ellos; un par ni siquiera le había escuchado la voz. Luego dieron gas a las vespas y se largaron.

—Que usen casco —dijo Francisco—. Tampoco es que vayan a despeinarse.

Los cuatro hombres tomaron una copa en un sitio que se llamaba El Pecio aunque no mostrara ningún elemento de decoración que recordase al mar, y mucho menos al fondo del mar. Francisco borró el ensimismamiento que Domi había detectado en él y se mostró brillante, carismático. Raimundo y Dani se reían de buena gana y escuchaban sus anécdotas como si el jefe fuese el más mayor de aquella barra. Dos años de aprendizaje directo junto a su padre Ernesto, y dos años de liderazgo solitario tras su muerte, le habían costado convertirse no solo en el señor del clan de los Claros a nivel fáctico, sino también a un nivel personal; los hombres lo apreciaban.

Domi apreciaba su asertividad y sus habilidades sociales. Visualizaba a Francisco como un grifo de ducha que funcionase a la perfección; de manera normal mezclaba el agua fría y caliente en proporción adecuada para que los hombres lo sintieran cercano y al mismo tiempo nunca olvidasen que estaba por encima de ellos. Con Domi empleaba un poco más de calor, exclusivamente cuando se encontraban a solas, dejándose fastidiar con bromas personales y exponiendo un poco más sus debilidades y preocupaciones, pero sin apagar del todo el grifo del agua fría.

Y cuando era necesario, le daba todo el caudal a la gelidez y cerraba el calor con un solo movimiento, reprendía a un hombre con dureza incontestable o mandaba que corriera la sangre por motivos de negocio.

Pero siempre por motivos de negocio.

Durante aquel día, cuando habían recogido a su padre en el Puerto II, Domingo había creído notar que del jefe emanaban densas olas de agua fría hacia él, pero la sensación duró poco tiempo y, en cualquier caso, no quedaba ni rastro de ella en El Pecio. Posiblemente, Francisco Claro se estaba preparando para degradar a Domi un escalón en la jerarquía de la organización para colocar a su padre en su lugar. Domingo ya estaba preparado para soportar aquel revés; lo único que esperaba sacar a cambio era mantener el liderazgo directo sobre sus chavales.

La copa acabó convirtiéndose en tres rondas de agua de ducha algo más caliente de lo usual, hasta que en cierto momento el jefe miró el reloj y dijo, como si hablara a niños:

—Bueno, ¿quién paga?

Daba igual quién pagara. Todos llevaban encima dinero de la organización para cualquier contingencia. Domi solía manejar mil quinientos euros que no eran suyos, y cada vez que gastaba algo, lo justificaba y se reponía de inmediato. La gente como Raimundo o Dani llevaban seiscientos pavos. Los chavales de Domi, doscientos.

Una vez se lo gastaron todo en una juerga. Aquel comportamiento era inaceptable, por mucho que prometieran que lo iban a reponer de futuras ganancias. Francisco le preguntó a Domi qué pensaba hacer al respecto, y Domi le dijo que les haría pagar el triple, con lo que el jefe estuvo de acuerdo. Sin embargo, no le contó que esos dos mil cuatrocientos euros totales fueron solo una parte del castigo.

El resto se lo cobró en el hangar abandonado, a hostias, episodio que fortaleció sus vínculos.

Tras dejar al jefe en su vivienda habitual, fue al sitio donde lo esperaban los chavales, con bastante retraso, pero ellos siempre esperaban sin necesidad de darles explicaciones. Aquella noche tenían noche salvaje, una costumbre que practicaban como goce y endurecimiento del espíritu cada veintiocho días, con la luna llena, ya que la luna nueva seguía reservada a los desembarcos.

Los chicos esperaban en una estructura abandonada que habían limpiado de ocupas algún tiempo atrás. En su momento debió funcionar como almacén militar o lonja, no tenían modo de saberlo. Estaba en un descampado, junto a una vía abandonada de tren, y constaba de cuatro paredes sostenidas a duras penas por pilares de metal y una techumbre de uralita a dos aguas, enorme. Había vigas de hierro por todas partes, cartones podridos, envases y plásticos esquinados, humedad, pintadas, condones rígidos y manchas secas de sangre en el suelo.

En aquel sitio siempre hacía frío o calor. Una de las paredes casi no existía, porque en su día estuvo ocupada por una enorme puerta corredera que debió ser vendida como chatarra. Por allí habían metido la furgoneta de reparto que ocupaba el centro exacto del hangar.

Domi dejó el todoterreno fuera, junto a las vespas. Se terminó una lata de bebida energética a reventar de taurina, cafeína, teína, azúcar y mierda, y la arrojó a un lado mientras andaba. Los chavales esperaban impacientes alrededor de la furgoneta. Esta se movía por golpes que venían de dentro; también se escuchaba un sonido como de relinchos sofocados y locos, algo que procedía de un animal que Domingo no era capaz de reconocer.

—A ver qué tenéis —dijo.

Santana lanzó una cuerda por encima de una de las vigas. El Moro y el Menta entraron en el vehículo. Salieron peleando con un cerdo bastante grande que no se dejaba agarrar. El Careta le tapó la cabeza con un saco. Lo arrastraron y ataron a la cuerda por las patas de atrás. Santana comenzó a jalar para levantar al bicho, pero era imposible debido al peso, así que con rapidez lo ayudaron el Moro y el Menta. Cuando estuvo colgando cabeza abajo, el Careta apoyó el codo en el hombro de Domingo y le dijo:

—¿Qué te parece?

—Para qué mierda le ponéis un saco en la cabeza —respondió este—. ¿No queréis que os mire?

—Vale.

El chaval fue corriendo a quitarle el saco, con cuidado de que el cerdo no le diese una patada con las pezuñas delanteras. Gritaba muchísimo, de manera desesperada y constante.

Los chavales se reían y danzaban alrededor del cerdo mientras se liaban cintas de boxeo en los puños. «¿Quién empieza?», preguntó uno, pero Domi no les prestaba la suficiente atención para saber quién había sido.

«No entienden todavía de qué va esto, pero lo entenderán».

Domi no usó cintas porque sus nudillos estaban bastante curtidos, y porque quería sentir la carne contra sus huesos.

—Nuestros viejos toda la vida han matado para ganar pasta, y nosotros, la revés —dijo, y abrió los brazos para mostrar la furgoneta, el cerdo, las paredes ruinosas, como si fuesen paquetes recién llegados por mensajería—. Eso es lo que diferencia a las putas de los clientes.

Los chavales se habían detenido para escucharlo. El Careta dijo:

—Guay. ¿Quién empieza?

Domi señaló a Santana. El chico apretó la lengua con los dientes; estaba cachondo como un mono. Le lanzó un puñetazo al cerdo en el costado, pero ni siquiera lo movió. Luego fue el Careta sin pedir permiso; le dio tan fuerte como pudo y soltó un grito de dolor al doblarse la muñeca. El Moro le dio una patada en la cabeza, pero el cochino no modificaba sus gritos, ni los sentía.

Domi dio tres pasos, metió cadera y soltó el puño en un arco perfecto. Impactó en la papada. Lo silenció un segundo. Luego lanzó un directo a las costillas. Luego al vientre. Los chavales se unieron a golpear desde todos los ángulos para matar a la bestia a puñetazos, menos el Careta, que se retiró sosteniéndose una mano con la otra.

El teléfono de Domi sonó dentro de su pantalón. Dio un par de pasos atrás, los nudillos ya enrojecidos y el aliento tomado, mientras el cerdo no dejaba de chillar y patear para defenderse. Cuando miró el número entrante, dijo:

—Silencio.

Con la otra mano sacó la pistola de la parte trasera de los pantalones y disparó al animal a la cabeza. El sonido fue brutal. La resonancia del maltrecho edificio hizo que pareciera que el techo y los metales también habían disparado.

El cerdo quedó inmóvil de manera inmediata, así que Domingo atendió la llamada mientras, con la mano del arma en alto, mantenía la prerrogativa de silencio para los chavales.

—Dime, Arman. Sí. Sin problema, allí estaremos. Gracias.

Colgó, llenó los pulmones de aire y se pegó el teléfono a la frente, los ojos cerrados, disfrutando de aquel momento.

—¿Qué pasa? —preguntó el Careta.

—Mañana quieren vernos —respondió Domi. Abrió los ojos y les mostró una sonrisa triunfal, bella y terrible—. Mañana podríamos estar dentro.

Domi conducía a demasiada velocidad por la autovía, sin un destino concreto aparte de sentir el rugido de su tanque y cómo destruía el aire a su paso. Aquella llamada lo había sacado de una tendencia autocompasiva y lo proyectaba a una euforia que sabía, ya era lo bastante inteligente para entenderlo, podía ser aún peor.

Sin embargo, no quería evitarlo y no quería probar si era capaz de evitarlo. En aquel momento ansiaba que la Guardia Civil intentase detenerlo, ansiaba refulgir en un tiroteo y elevarse en un fuego épico, sobrevivir a las llamas y las balas, trascender.

Y tenía la polla dura como el volante del coche.

¿Francisco y su padre querían relegarlo a un segundo plano en la organización? Ya no le dolía; les deseaba sinceramente lo mejor, dado que no tenían capacidad para otra cosa. Incluso era un alivio para él saber que el viejo y el no tan viejo lo echarían poco de menos.

Él estaba hecho para otro tipo de luz y cada vez se sentía más lejos de los sentimientos humanos; o, más bien, comenzaba a comprender que los había fingido por imitación.

Ante la proximidad de una curva, a ciento treinta por hora, cerró los ojos y dejó que la carretera, la dirección asistida y su intuición lo guiasen. La erección era ya dolorosa. Su cuerpo anticipaba el impacto, el estruendo, el fin de todas las cosas... o la gloria.

Abrió los ojos, pasada la curva, sobre una recta sonriente que lo saludaba, y soltó una carcajada de alivio y desafío. Se secó la saliva con el antebrazo. Rompió a sudar. Se imaginó reventado contra el asfalto.

Se imaginó a su padre destruido, vacío de alma, frente a su tumba y la de su madre, y toda la euforia se disolvió como el agua de la ducha mientras uno se secaba.

—Joder —dijo—. Cálmate, puto loco.

Y se calmó. Tenía un autocontrol de cojones cuando hacía falta; de otra manera, Francisco Claro no habría confiado nunca en él. Se calmó como la corteza de una roca que seguía borboteando de lava en su interior. Al día siguiente formaría parte de algo más real y poderoso que cualquier otra posibilidad que pudiese concederle la vida; pero era importante no cagarla.

El primer encuentro con la organización a la que pertenecía Arman fue dos meses atrás. El infiltrado de aquella organización dentro del clan de los Claros, o dentro de su órbita, era quien informaba en muchas ocasiones a Domi de dónde se organizaban peleas ilegales, en las que había comenzado a participar como espectador y como luchador. Se trataba de Carlos, el contratista y jefe de obra que ya había trabajado para el padre de Francisco antes que a este lo matase una puerta de garaje, en un acto de rebeldía mecánica.

Al pasarle la información esa última vez, Carlos le dijo: «En el sótano va a haber alguien que te interesa conocer. Era un buen amigo de Ernesto Claro».

La vanidad le pudo, porque todo apuntaba a que iba a conocer a alguien que había estado codeándose con el jefe del clan sin que nadie lo supiera. Cuando abordó las escaleras del sótano donde se organizaba la pelea, incluso mientras lo cacheaban, se sintió más atraído por aquella reunión que por el espectáculo.

Decidió no pelear, y le costó concentrarse en el combate, que era un modo de llamarlo como podría haberse escogido cualquier otro. Un murciano de ciento quince kilos y una doble ese tatuada en el cráneo se enfrentaba dentro de una jaula a tres adictos a la heroína cuyo sistema nervioso y musculoesquelético había visto tiempos mejores. Aquello podía definirse mejor como ajusticiamiento. A los yonquis les habían puesto guantes de obra y bozales con candado para que no pudieran morder ni arañar, ni transmitir por tanto ninguna enfermedad al nazi murciano.

En aquellos encuentros se difuminaba la frontera por la que la afición a los deportes violentos se separaba de la simple adicción a la violencia. Se trataba de romper un tabú y abrazar la naturaleza, aunque el tabú no acabara de romperse en el pecho de Domingo. Se sentía bien y mal al mismo tiempo, reconfortado y miserable. Imaginaba que era lo que sentía un homosexual que se hubiese tragado el cuento de que la sodomía era pecado.

El nazi movió sus rudas carnes hacia uno de los yonquis, como si los otros no existieran, y consiguió que se apartasen todos. A duras penas agarró a su objetivo por un brazo y lo revoleó contra el suelo. Se agachó para golpearlo con los codos, puños y antebrazos; un gorila no habría sido más torpe y enérgico.

Domingo había tenido que hacer eso a otras personas como parte de su trabajo; lo disfrutaba; y le remordía. Sin embargo, uno no podía elegir a quién tenía que reventarle las costillas por haber cortado en exceso el hachís o por haberse robado una esquina del barrio. En la calle no se encontraban peleas justas ni podía uno permitírselas.

El murciano se levantó, los brazos y el pecho salpicados de sangre, y alzó los puños para recibir la ovación del público mientras los otros dos adictos se pegaban a los barrotes de la parte opuesta de la jaula.

Domingo sintió un intenso deseo de meterse en medio y probar si el murciano tenía un aguante a la altura de su pegada. No podía. Las cosas no funcionaban así.

Un tipo se acodó junto a él en la barandilla de la grada. Le ofreció la mano para estrechársela, una mano morena en la que podía verse un anillo grande con una piedra roja.

—Me llamo Arman —le dijo—. Me han hablado de ti.

A Domi en principio le chocó que el hombre tuviera acento, aunque fuese sutil. Le costaba relacionarlo con Ernesto Claro, que en la mayoría de los aspectos que contaban en una persona había sido xenófobo, homófobo y misógino. Luego pensó en que la coherencia intelectual tampoco había sido el fuerte del antiguo jefe del clan de los Claros, así que aquella noche había estrechado la mano que se le ofrecía.

—Domingo Fossati.

Sin perder el tiempo, el tipo dijo:

—Organizamos estas peleas porque se conoce gente interesante. Para nuestra organización. Ernesto era de los nuestros; tu antiguo jefe.

Siguiendo la regla número uno de la negociación, y cualquier relación humana lo era, Domingo decidió no mostrar demasiado interés y devolvió la vista a la jaula, donde uno de los yonquis le había dado una patada en los huevos al murciano nazi, y este había caído de rodillas.

Domingo sonrió, incluso sabiendo que no estaba allí para alegrarse de que David, de vez en cuando, pudiese con Goliat. Él era Goliat.

—¿A qué os dedicáis? —dijo.

—Al negocio de la verdad —respondió Arman—. Rompemos ilusiones, como los remordimientos. Los extirpamos. ¿Te interesa nuestro negocio?

Domi agarró la barandilla de la grada con fuerza y no pudo evitar que en su expresión se notase que aquel hombre había tocado la música que sus tripas, sin saberlo, habían deseado escuchar desde hacía años.

En la jaula, el nazi murciano agarró al yonqui por el tobillo, jaló y le hizo golpear el suelo con la espalda y la nuca. El impacto se escuchó por encima del griterío del público. Se sintió excitado al sentir en sus propios huesos que ese hueso se había quebrado con violencia, y al mismo tiempo sintió que lo que allí sucedía no era correcto.

Y quería ser él quien lo reventara.

Y quería no quererlo.

Y pensó en lo que pensaría su padre si pudiese leerle el pensamiento y se aborreció porque eso aún le preocupase.

Joder si le interesaba aquel negocio.

—¿Qué hay que hacer? —había preguntado finalmente.

—Estaremos en contacto —había dicho Arman.

A las nueve de la mañana se duchó y afeitó, bebió una lata de Monster y se puso ropa nueva para visitar a su viejo. Era lo que se esperaba de un hijo. Imaginaba que Francisco lo querría para cualquier movida aquel día, por ejemplo, para quedar con la loca de Ada Negre, así que debía organizarse con el objetivo de cumplir y tener la agenda despejada al atardecer, que era la hora en que había quedado con el kazajo Arman y su grupo.

Calentó un táper de pollo con arroz y se lo comió mientras miraba por la ventana de su pequeño piso. Era una oficina reconvertida en vivienda que se pagaba con dinero del clan de los Claros, y en teoría respondía a una gerencia de comunidades de vecinos. Un modelo caduco de blanqueo de capitales que ya solo servía para justificar un par de nóminas limpias. El fax y el teléfono fijo estaban incluso desenchufados.

Llamó al jefe antes de salir y le explicó sus planes de pasarse a ver a Dominico. Le preguntó si luego lo iba a necesitar para algo, asumiendo que sí.

—No te preocupes —le respondió Francisco Claro—. Disfruta con tu padre y tómate el día libre.

—¿Sí? ¿No has quedado con la Negre?

—Ya me ocupo yo. ¿A qué hora vas a ver al viejo?

Aquello era bastante raro, pero Domi asumió que correspondía al previsto cambio de poderes. Sin embargo, si no contaba con él y no contaba tampoco con su padre Dominico, ¿con quién pensaba ir a dicha reunión?

—Sobre las once. ¿Todo bien, Francisco? —se atrevió a preguntar.

—¿Qué pasa, que no puedo quedar a solas con una señorita?
—Ah, vale. ¡Ah, vamos!, no me jodas... ¿en serio?
—En serio como un cáncer de hígado.

Domingo se rio, con ganas de joder al jefe mediante alguna broma, pero realmente complacido y también aliviado. Al fin y al cabo, cuando uno trama algo, todos los cambios pueden ser un indicio de que te han pillado, y le gustaba saber que la explicación para ese cambio era tan prosaica.

—No te gusta la competencia...
—Querido Domi, por muy macho alfa que quieras ser, Ada Negre te coge en la cama y te mata. Acaba contigo. Deja a los que saben, anda...
—Sí, sí, pero si necesitas ayuda, dame un *llamacuelga*.
—Vete al carajo.

El jefe colgó la llamada en mitad de la risotada de Domingo. Este siguió un rato mirando por la ventana. Echó agua en el táper para fregarlo luego. Se quedó mirando el grifo, pensativo. Lo movió hacia el agua caliente; luego lo movió hacia el agua fría.

Finalmente, decidió que no merecía la pena preocuparse más, y cogió las llaves para salir a ver a su padre.

La calle era un puto infierno para aparcar por las mañanas, sobre todo con un vehículo como el suyo. A la segunda vuelta, encontró que Dominico se encontraba asomado al balconcillo del piso, con una taza en la mano. Lo vio y saludó con la otra. Estaba en albornoz todavía, como un rey, los huevos colgando debajo de aquella bata blanca de tela de toalla.

Domi sonrió con un cariño estudiado.
—¡Estoy intentando aparcar! —le gritó.

Dominico torció los labios y ladeó la cabeza para indicarle que no tenía importancia, que no pasaba nada si no conseguía aparcamiento. Aquel gesto desprendido y confiado borró todas las sensaciones de hartazgo sobre un padre demasiado protector y conservador, y Domi sintió exactamente lo que deben sentir todos los hijos: que él nunca le fallaría y que se quitaría el pan de la boca, la sangre de las venas, si hiciera falta.

Pero no consiguió que eso le hiciera sentir lo que sentían los mamíferos.

Le devolvió el saludo con la mano, esta vez a modo de despedida, y gritó:

—¿Vas a comer luego al Venicio?

Dominico se encogió de hombros. No había prisa, no había necesidad. No tenía que cambiar sus planes por él.

Excepto en todo lo referente a cualquier perspectiva vital que no estuviese relacionada con el negocio. «Qué tarde, cabrón...»

Y arrancó para largarse de esa calle, de ese viejo delincuente.

A las seis de la tarde se encontraron en la salida del municipio, tras recoger de la caja fuerte del puticlub el dinero que necesitaban para la invitación, según las instrucciones de Arman. Faltaba la vespa de Menta. Menta se llamaba realmente Juan Moreno, y era un chaval que se había ganado la vida mariscando, igual que su padre, hasta que dejó de compensarle tirarse al fango de madrugada porque había otro modo de ganar pasta, mucha más pasta y con mucho menos esfuerzo.

Lo llamaron un par de veces por teléfono antes que atendiera la llamada.

—Paso —le dijo a su jefe directo en un tono carente de inflexiones—. Esto no me gusta un carajo, Domi, y tú tampoco deberías ir.

—Hemos dicho que íbamos a ser cinco —respondió Domingo. Al principio había controlado su voz, pero luego ladró como si se encarase con alguien en una pelea—: ¿Tú sabes cómo me deja eso, hijo de puta?

—Domi, yo esto no se lo voy a decir a nadie, y si te quieres...

—¡Ven para acá ahora mismo!

—... y si te quieres cabrear, cabréate, pero alguien te tiene que decir que esto huele a mierda.

Después, Menta colgó. Cuando volvieron a llamarlo, su teléfono ya estaba apagado o fuera de cobertura.

—Se raja —apostilló el Moro.

—Como se vaya de la lengua, lo mato —dijo el Careta, aunque nadie lo creyó.

A las siete de la tarde, con el sol a cuatro dedos del campo pelado y sucio, Domi salió de la carretera y tomó el camino de tierra con su Rezvani Tank preparado para firmes diez veces más incómodos que aquel. Las tres vespas que los escoltaban, sin embargo, se veían obligadas a esquivar los baches y la polvareda que levantaba el todoterreno.

Pasaron junto a un edificio abandonado de ferroviario. Las vías en desuso estaban en su mayor parte arrancadas y vendidas como chatarra, pero seguían una línea que atravesaba el campo y la ciudad, y pasaban a su vez junto al hangar donde los chicos, una vez al mes, disfrutaban de una noche salvaje. Aquella tradición había comenzado cuando Domingo los cosió allí a trompadas por gastarse un dinero que no era suyo. El hecho de que no se resistieran, les iba la vida en ello, provocó un cambio de Domi, como si una llave de borracho hubiese encontrado la sobriedad y encajase en la cerradura; porque aquello era tan atractivo como aborrecible.

Un mes más tarde llevaron a un policía local para pegarle una paliza y amenazar a su familia si seguía multando por cualquier tontería a los *puntos*, los chicos que ejercían de vigías en los desembarcos. Siguieron otras palizas que se intercalaron con prácticas de tiro, primero a botellas y luego a palomas. La progresión era clara y tenía también un final claro, pero, en medio, Arman se había cruzado en el camino de Domingo.

Llegaron a las inmediaciones de la enorme chatarrería. Aquel sitio era como un pueblo de grande, vallado con concertinas en todo su contorno, con varias puertas exteriores, y dividido en secciones por vallas algo más bajas, sin cuchillas, pero también comunicadas por puertas. Había una zona de desguace y compraventa de piezas, con coches enteros y coches desmontados apilados o expuestos en estanterías industriales. Había un laberinto, un puñetero laberinto, de neumáticos de todos los tamaños. Había una zona asilvestrada de uso indefinido, con árboles y arbustos y mala hierba, del que frecuentemente salían ladridos, y a veces ratas huyendo. El laberinto de neumáticos, que era una especie de tejido conectivo, escondía al menos una sección en la que la dueña del sitio, por un precio, dejaba hacer cualquier cosa; Domingo sospechaba que no era la única sección oculta. En el lado opuesto, pero visibles a pesar de todo, estaban las grandes máquinas para prensar chatarra y fundir cobre.

Solo con el cobre robado que llegaba hasta aquella chatarrería, Krys Rumana, la dueña, debía ganar una puta fortuna. Aquel lugar, además, era como Suiza para los bajos fondos; territorio neutral, protegido principalmente por las bandas pequeñas, y por la policía, que funcionaba porque no era controlada por nadie. Francisco Claro conocía de su existencia, pero por consejo de Dominico no solía usar sus servicios, aunque también era cierto que el viejo lugarteniente le había recomendado no actuar en su contra.

Por tanto, Domingo tenía prohibido acercarse allí excepto en caso de extrema necesidad. Si en algo lo conocía, Domi estaba seguro de que en algún momento el jefe se tomaría en serio la existencia de aquel sitio, aquel oasis dentro de su territorio en el que había decidido no beber agua, y bebería agua o, más probablemente, lo secaría para siempre.

Aparcaron junto a la puerta principal, la que daba al servicio de compraventa de piezas usadas. Allí había un gitano de mediana edad, fuerte al estilo de los boxeadores o de los trabajadores de la construcción, con el pelo casi rapado y vestido con un mono de trabajo. Domi bajó la ventanilla para que lo reconociera y el gitano le indicó con un gesto del pulgar que fuera por la siguiente puerta de la chatarrería.

Las cosas funcionaban de esa manera.

Arrancaron y siguieron la valla unos quinientos metros, dejando a un lado una pared gruesa de neumáticos, y una separación entre secciones, hasta encontrar otra puerta grande, corredera, que permanecía abierta.

Domi no vio a nadie que la custodiase, ni que pareciese preparado para cerrarla a su paso, y eso le produjo una cierta inquietud, como si la ausencia de seguridad armada fuese, en sí, un peligro para él. Sin embargo, entró con el coche, seguido por las vespas, y condujo por un pasillo entre vallas que lo llevaba al corazón de aquella ciudadela de descartes mientras la noche se cerraba como una bolsa de basura.

Llegaron a una caseta baja y más sólida que lo habitual en la chatarrería, construida en firme hormigón con refuerzo de ladrillo en las esquinas y en los bordes de las ventanas, techo moderno y luces de jardín en un suelo de gravilla que dejaba amplio espacio para aparcar. Había varios coches de alta gama.

Domi se preguntó si allí donde el Cabezahueca se había llevado al pobre chorizo para arruinar su cuerpo por orden de Ernesto Claro, el padre de su jefe. Quizá le aserró las articulaciones al raso, entre neumáticos, o en la zona salvaje y arbolada desde la que se oían de vez en cuando ladridos.

En la puerta de la caseta, que era tan grande como un chalé, se encontraban dos hombres fumando. Uno de ellos era Arman, que ya no tenía problema en lucir una funda sobaquera sobre el jersey de cuello alto, y su correspondiente arma. Nada de aquello parecía especialmente litúrgico, por el momento. Salió del auto. Sus chavales descabalgaron de las vespas e hicieron un corro a su alrededor.

—El que se esté meando, que lo haga ahora —dijo el Careta.

Tenía la muñeca vendada y mascaba un chicle como si quisiera sacarle chispas. Era un hijo de puta insoportable, pero a veces tenía gracia.

—Me estoy acordando ahora de lo de las niñas de *Alcances* —dijo el Moro.

—Alcàsser —le corrigió Santana, que era, con mucho, el más leído del grupo. FP de Diseño Gráfico—. ¿Tienes miedo?

El cabrón de Santana no parecía nervioso, sino que más bien disfrutaba de la inquietud de los demás, como si conociera un secreto. O quizá se trataba de las luces de jardín, que deformaban los rasgos. Sin embargo, que Menta se hubiese rajado a última hora era algo que pesaba en el ánimo del grupo, y era mejor cortar las bromas.

—Ni hay miedo ni somos niñas —replicó Domingo, a pesar de que hacía largo rato que no las tenía todas consigo—. Vamos dentro, cojones.

El jefe sospecha

Aproximadamente a las ocho de la tarde que Dominico salió de Puerto II, mientras Domi cerraba la puerta del piso, Francisco Claro le dijo que tenía que ponerlo al día.

El hombre se sentó en el sofá, sin duda un poco más hundido de lo que esperaba, cosa que le provocó una carcajada joven. Francisco permaneció de pie. Se miraron unos segundos, suficiente para que Dominico entendiera que allí había algo más que la intención de actualizarlo respecto a los negocios.

—Antes de que vayas a coger carrerilla, Francis, te digo de nuevo que gracias por todo. Por cómo me has preparado la casa, por lo que me has protegido dentro de la cárcel, por cuidar de Domingo... por todo.

—Domi ha cuidado de mí y tú has cuidado de la organización.

—Como tiene que ser.

Francisco enarcó una ceja, las comisuras de los labios fruncidas, dando a entender que esa era una de las muchas maneras de verlo. Entonces sí cogió una silla y se sentó frente a Dominico. Le mostró el teléfono móvil. El hombre se acercó a la pantalla y bizqueó un poco. Se dio por vencido y levantó las manos.

—No veo bien. Tengo que conseguir unas gafas de cerca.

—¿Te lo amplío?

—No sé, cuéntamelo.

—El tío de la foto es un matón ruso, concretamente kazajo, llamado Arman. Ivan Sokolov me llamó hace un rato para advertirme que este cabrón está por la zona. Era uno de sus hombres, y, por lo que parece, también conocía a mi padre. Lo conocía de unas fiestas que organizaba mi padre en La Maquinita. No sé cómo serían las fiestas, pero imagino que muy viciosas, porque a Ivan no le gustaban. O eso dice.

Dejó pasar unos segundos para que Dominico reflexionara sobre todo aquello, para que pensara con cuidado lo que le iba a decir a continuación.

—Quieres saber lo que yo sé de esas fiestas.

—Estaría de puta madre. Por ser yo, vamos.

El hombre se echó hacia delante en una postura un tanto forzada; por lo mullido del sofá, las rodillas le sobresalían demasiado bajo el albornoz.

—Tú sabes qué clase de hombre era tu padre.

—¿Qué clase de hombre era mi padre?

La mirada de Dominico, severa y al mismo tiempo buscadora de paz, parecía expresar: «¿Me vas a obligar a que te lo cuente?».

—Yo sé qué clase de padre era conmigo. Eso es lo único que sé, y que, en cierto momento, nos veíamos lo menos posible; concretamente el día que le dije que si me volvía a poner una mano encima le iba a devolver la hostia. Dominico, que tú has sido un padre para mí y eres mi persona de más confianza, ¿qué cojones hacía Ernesto Claro, tu jefe, con un tío como Arman en esas fiestas?

—Comerse lo que no está en el menú —soltó el hombre. Luego se pasó las manos por el pelo, que ya era escaso y gris a sus cincuenta y tantos, como si en la cárcel el tiempo discurriera más rápido para el cuerpo, aunque quizá más lento para la paciencia—. Olvídate de todo eso. Incluso tu padre se arrepintió de relacionarse con esa gente.

—¿Y qué ha venido el kazajo a hacer aquí?

—No tengo ni puta idea.

—¿Y Domingo?

Dominico frunció el ceño, al principio confundido, pero luego como un principio de advertencia.

—¿Qué pasa con mi hijo?

—En esta foto de Arman, aquí en la provincia, está en una calle, y en esa calle hay un coche aparcado. Es un Rezvani Tank, del mismo color que el de Domi, y yo no había visto en mi vida otro Rezvani Tank. Puedo indagar sobre matriculaciones, pero tú y yo sabemos que no vamos a encontrar un coche igual matriculado por aquí, y menos del mismo color. Puede ser casualidad o puede ser que nuestro Domi se vea con el mismo mercenario con el que mi padre organizaba fiestas que te dan vergüenza a ti y que dan vergüenza incluso a Ivan Sokolov.

—¿Te fías de Sokolov? Puede ser un trucaje.

Francisco se reclinó en la silla. Infló de aire los carrillos y lo soltó en un siseo largo.

—Puede ser. No sé para qué.

—¡Para que te cargues a Arman y él no se vea implicado!

—¿Y para qué cojones va a retocar la foto?

—Si sospechas de Domi...

—Dominico, piensa con la puta cabeza fría, como si no fuera tu hijo, o no voy a poder fiarme ni siquiera de ti, y eso va a ser malo para todo el mundo.

El hombre se levantó.

—¡Que no te puedo decir más! ¿Tu padre era un hijo de puta? Lo era, un enorme hijo de puta. ¿Me hubiera gustado que no te hubieras tenido que ir a estudiar fuera? Por supuesto. ¿Me hubiera gustado que mi hijo no estuviera metido en esta mierda de vida? Pues no lo sé, porque contigo como jefe, no va a tener la misma vida que yo tuve con tu padre.

Francisco no se inmutó; solo había alzado un poco la vista para escuchar.

—¿Vienen a por mí, Dominico?

—No lo sé.

—¿Puedo contar contigo?

—En cuerpo y alma.

—Esto no puede salir de aquí.

—¿Qué vas a hacer, Francis?

El jefe volvió a llenar los carrillos de aire y a soltarlo con un siseo, mientras decidía y, al mismo tiempo, valoraba la actitud del hombre de confianza del clan.

—Voy a investigar a través de alguien de fuera.

—¿A Domi?

—Para ver si me lleva hasta el kazajo. A lo mejor Domingo no sabe quién es ese tío y se conocen de vete tú a saber qué. Tu hijo tiene libertad para mantener el territorio. Conoce a mucha gente. Veamos. Pero no puede salir de aquí.

—Joder.

Dominico se volvió a sentar, apesadumbrado, hundido tanto por los excesivos cojines del sofá como por lo preocupante de la situación.

—Dominico, escúchame: yo puedo perdonar cualquier cosa, pero tengo la obligación de averiguarlo todo. Si tú levantas la liebre, no voy a poder averiguar nada y no podré perdonar a nadie. Te estoy contando esto porque siempre, siempre, siempre, debe haber dos personas que estén al corriente de lo que pasa, y tú eres más viejo que yo; has visto más cosas. No voy a cometer el mismo error que mi padre. Lo mató la soberbia.

—Lo mató una puta puerta de garaje.

—Que quiso arreglar él solo.

Dominico sonrió con algo de nostalgia. Luego volvió a ponerse serio. Francis se levantó, se acuclilló frente a él y le puso una mano sobre el hombro.

—Te agradezco que en ningún momento de esta charla me hayas dicho que Domingo sería incapaz de traicionarme.

—Aquí no somos gilipollas ninguno. ¿Lo has tratado bien?

—Creo que como a un hijo o a un hermano pequeño. Pero a los hijos y a los hermanos pequeños se les ofende con facilidad.

Dominico le apresó la mano y se la besó.

—Domingo tiene el mismo fuego en los ojos que tu padre, zagal —dijo—. Pero es un crío. Lo que sea que esté pasando, hay que llegar hasta el fondo.

—Bien, Dominico. Gracias. No quedes con él mañana. Que tenga libertad. Voy a bajar ya a tomarme una copa con ellos.

—Francisco, por Dios, haz esto bien, que una situación rara se puede volver una matanza en un momento. ¿Quién va a investigar esto?

—Te lo diré cuando lo sepa.

Después de aquello, Francisco tomó unas copas con Domingo y los dos hombres de armas más cercanos, Dani y Raimundo, en

El Pecio. Pero, antes de las copas, antes de la tensa conversación con Dominico, una vez que había visto, frente a la penitenciaría de Puerto II, la foto enviada por Sokolov de Arman junto al coche de Domingo, Francisco Claro se obligó a pensar con extraordinaria frialdad y rapidez.

Lo primero que pensó, mientras padre e hijo se acercaban al aparcamiento desde la salida de la cárcel, fue que Dominico podía ser, o bien un aliado necesario en el asunto, o alguien de quien preocuparse mucho; ¿protegería a su hijo en contra de los intereses de su jefe? ¿Le sería fiel y le ayudaría a llegar al fondo del asunto? ¿Estaba implicado?

En ambos casos se trataba de un resorte que podía aprovechar para averiguar cosas. Por eso había insistido, nada más dar un fuerte abrazo a Dominico, en parar en una cafetería antes de llevarlo a su piso. A la primera ocasión que tuvo, se había excusado para ir al váter. Desde ahí había llamado a Carlos, el contratista de confianza del clan, que también había llevado a cabo la faena de acondicionamiento del piso de Dominico. Eran las seis de la tarde.

—Carlos, escúchame con atención, que tengo poco tiempo. El piso del viejo, que le metimos mano al baño y le pusimos ventanas aislantes, ¿te acuerdas?

—Sí, señor Claro. Dígame.

—La copia de las llaves que te dejé aquella vez, la tengo en el despachito de las obras de La Maquinita, donde están los planos. Necesito que te encajes allí con la chica esta de tu cuadrilla que instala equipos de seguridad. Necesito una cámara oculta con micro en cada cuarto, que las controle yo desde mi móvil, y las necesito antes de una hora.

Había dejado unos segundos para que el jefe de obra lo asimilase y anotase, y pensase cualquier pega que podría ponerle, como que la chica de sistemas de seguridad estaba en el hospital, o que él mismo se encontraba en cualquier otra parte, a demasiada distancia. Al poco, Carlos había dicho:

—¿Podría ser una hora y media?

—Sí, haré lo que pueda, sí. Ralentizaré un poco la cosa. Esto queda entre tú yo y la chica, Carlos, por favor te lo pido.

—Soy una tumba, señor Claro.

—En una tumba os voy a meter a los dos como las cámaras no estén bien disimuladas, como la gente que va a llegar allí os pille dentro o como alguien se vaya de la lengua. ¿Estamos?

—Joder, señor Claro…

—Otra cosa no te puedo decir. Sabes para quién trabajas. Pásame la factura más inflada que se te ocurra, pero hacedlo bien, cojones.

Y colgó.

Había respirado hondo dentro de aquel váter con demasiado olor a desinfectante. Entonces había relajado voluntariamente los músculos faciales y soltado las manos, para mostrarse sereno al salir. Estaba acostumbrado a cargar sobre sus espaldas una gran responsabilidad, a veces una responsabilidad que podía resultar letal, pero no recordaba haberlo hecho nunca a solas.

Hasta que no averiguase de qué iba todo aquello, solo podría fiarse de desconocidos.

Luego había vuelto al interior del local. El viejo tenía muchas ganas de un café en vaso, de esos arañados de tanto lavarse en el friegaplatos, ardiente.

Francisco había dedicado un instante a observarlos. Domingo, el chaval con el que había comenzado a trabajar cuando apenas era mayor de edad y al que le había ofrecido la capitanía de un imperio, tenía una relación directa con casi todos los hombres que ejercían la fuerza de las armas en la organización. ¿Era posible que obedeciesen a Domi en vez de a él mismo, en caso de que tuviesen que decidir? Parecía altamente improbable en el caso de Dani y Raimundo, y también de los hombres de la vieja guardia, pero no podía estar seguro del resto.

Y «altamente improbable» tampoco era una garantía que se pudiese permitir. Al fin y al cabo, habían trabajado para Ernesto Claro y Ernesto Claro se entendía con Arman.

Además, allí parecía haber un caso de manifiesta negligencia; ¿cómo era que un tipo como el mercenario kazajo estuviera dando vueltas por su territorio sin que nadie les hubiese ido con el soplo? ¿O acaso el soplo había ocurrido, pero no había llegado a los oídos de Francisco Claro?

Se había acercado a la mesa donde los hombres charlaban. Domingo se mostraba relajado como un ilusionista, el joven fogoso y carismático de siempre, guapo como el diablo.

—¿Ha habido suerte? —le preguntó este.

—He plantado una mierda como tu brazo —había respondido Francisco—. Dominico, ¿pedimos algo para merendar? Aunque tendrás ganas de llegar a casa...

—Dale, Francis —dijo el hombre con buen humor—. No tenemos prisa, coño.

Mientras Francisco Claro pedía algo para comer, y pensaba al mismo tiempo cómo abordaría la conversación con Dominico, si todo iba bien, Carlos, el jefe de obras, se estaría en ese momento dando patadas en el culo para coger las llaves del piso al que iban a llevar al viejo lugarteniente un rato más tarde, posiblemente con el teléfono pegado a la oreja mientras llamaba a la chica que colocaba sistemas de seguridad.

Salieron de la cafetería de El Puerto de Santa María más tarde de las siete. Después vino la charla con Dominico en el piso. Luego las copas con sus hombres. Durante todo este tiempo, Francisco no supo si las cámaras habían sido colocadas y si estaban grabando, no supo si Dominico lo había traicionado y había avisado a su hijo, o a quien fuese, sobre sus sospechas.

No supo, al quedarse solo en su casa, si se había ganado varios enemigos entre sus filas y si no podría llegar a averiguarlo hasta que fuese demasiado tarde.

Aquella noche, casi de madrugada, se sentó a solas en el salón de su domicilio y miró su móvil. Al correo electrónico le había llegado una factura del contratista por valor de tres mil cuatrocientos euros, IVA incluido. Abrió la aplicación a través de la que podía controlar las cámaras de su propio piso y de sus oficinas. Alguien había creado una nueva carpeta, y ese detalle le permitió suspirar de alivio.

Abrió la carpeta y pudo de inmediato acceder a cuatro cámaras colocadas dentro del piso de Dominico: salón, dormitorio, cuarto de baño y cocina. Podía verse a sí mismo hablando con el viejo, si quería, porque el sistema permitía acceder incluso a las últimas cuarenta y ocho horas grabadas. Francis solo tenía que retroceder tres horas en el tiempo. En ese momento, doce y media de la noche, Dominico dormía en la gran cama de su dormitorio, pero, ¿qué habría hecho y dicho desde que se despidieron sobre las nueve?

Francisco se sirvió una copa, vinculó la aplicación de seguridad a la televisión de su salón para ver bien el asunto, puso las cuatro pantallas al mismo tiempo y avanzó desde el momento en que se había despedido de Dominico, a ocho veces la velocidad normal. La cocina, el baño y el dormitorio estuvieron vacíos ese tiempo, y, en el salón, el viejo lugarteniente de su fallecido padre se dedicó a pensar, asomarse al balcón, a mirar la tele sin verla, y a observar su propio teléfono móvil dispuesto sobre la mesa, sin atreverse a tocarlo.

Luego, se acostó.

—Buen chico —murmuró Francisco.

Eran las tres de la madrugada y él también se echó a dormir.

Se levantó a las ocho de la mañana y se sacudió el sueño como estaba acostumbrado tras pasar por el baño: calentamiento de articulaciones, diez minutos de cardio a buena velocidad en la cinta andadora, veinte levantamientos de cincuenta kilos en *press banca* y una ducha. A su edad, treinta años, no pretendía muscularse, sino estar sano sin procurarse lesiones. Cuando el tiempo lo permitía iba a correr al campo o se metía en un gimnasio para desfondarse con mejores máquinas, y los responsables que pululaban por allí solían sorprenderse de que un tipo al que veían en contadas ocasiones rindiera a ese nivel.

Francisco Claro era fuerte. Una vez ganó a todos los chavales del séquito de Domingo en una competición de pulsos, y luego al mismo Domi, que era carne de gimnasio. Un par de veces al mes entrenaba defensa personal con Raimundo y practicaba tiro, del mismo modo que nunca había dejado de lado la delineación manual, a pesar de que manejaba los programas fundamentales para proyectar planos por ordenador. A veces también entrenaba con el cuchillo, cortes y lanzamientos sobre un monigote de madera que solía guardar en un armario.

Haber sido el hijo de Ernesto Claro, haber mamado su dureza y su paranoia, pero también su individualismo, por más que le repeliesen todas esas características, había forjado su carácter, y tenía claro que, por mucha gente que tuviese en su equipo, la vida de un mafioso en ocasiones dependía de sus propias habilidades.

Y de no necesitar a nadie, física ni emocionalmente.

En su piso de lujo, con *jacuzzi* y pequeño gimnasio, Francisco no tenía siquiera plantas que regar y, por un motivo u otro, nunca había tenido pareja estable.

Al salir de la ducha llamó a Ada Negre y quedó con ella en para desayunar en el Venicio, y para pagarle. Ada dijo que llegaría un poco más tarde de las diez, pero no soltó prenda de dónde se alojaba para justificar ese retraso. Domingo lo llamó justo después para decirle que iba a visitar a su padre a eso de las once y para ponerse a su disposición el resto del día, pero Francisco necesitaba que se moviera a su aire. Lo liberó de sus obligaciones, bromearon un poco y colgaron.

Se vistió y mandó a Ada una nueva localización, una cafetería en la misma calle del piso de Dominico, a poca distancia del bar en el que había estado de copas con sus hombres la noche antes. Además, le pidió que aparcara en la calle paralela. Cogió un taxi para ir allí, con el objeto de no dejar aparcado ningún coche que fuese reconocible por Domingo, cuando pasase a visitar a su padre a eso de las once.

Ada Negre entró en la cafetería con su acostumbrada falta de presencia, discreta, rápida, pero con esa mirada enérgica y al mismo tiempo hosca que creaban una patente incomodidad las pocas veces que cruzaba la mirada con alguien.

De hecho, se sentó en la misma mesa que Francisco, soltó la mochila y estudió el entorno antes de mirarlo a la cara y mostrar una breve sonrisa. Su piel y sus ojeras, de nuevo, parecían las de alguien con mucha menos salud de la que aparentaban sus gestos.

—Roberto cobra más que yo —dijo como todo saludo.

—Un poco más, por ahora. ¿Te pido algo?

—Lo que tú tomes.

Francisco Claro levantó la mano para pedir al camarero que pusiera otro café con leche y otra tostada, y aprovechó el movimiento para pasarle un sobre a Ada bajo la mesa. Esto lo guardó con rapidez en su mochila, haciendo como si se anudara las botas de motera. Luego dijo:

—¿Y tu gente?

—A lo mejor están aquí y no los ves.

—Aquí solo hay civiles. Dime.

Esa capacidad perceptiva agradó a Francisco, pero reprimió una sonrisa.

—Me ha gustado tu trabajo en el peñón. Roberto me ha dicho que tienes sangre fría. Esto confirma tus referencias. ¿Te interesa otro trabajo?

El camarero llegó con dos cafés y dijo que las tostadas estarían pronto. Ada lo miró de arriba abajo cuando se alejó, sin explicación aparente, y luego volvió esos ojos muertos y vivos al mismo tiempo hacia Francisco.

—¿Hoy?

—Ahora.

En la cafetería había un importante ruido de charla, de tazas contra platos, de leche hirviendo a través del pitorro de vapor de la cafetera.

—Dime.

—Quiero que sigas a uno de mis hombres. Te pagaré dos mil euros al día, pero necesito información constante y disponibilidad total para esto. ¿Sabes mear en una botella?

—Prefiero usar pañales, como los astronautas. ¿A quién quieres que siga?

Francisco parpadeó un par de veces, confuso. Llegaron las tostadas, se marchó el camarero, Ada volvió a mirar su espalda con hosquedad y volvió a centrare en Francisco. Este dijo:

—¿Eso es cierto, lo de los pañales?

—Hay compañeros que, cuando tienen que pasar todo el día en un tejado, se sacan la chorra o mean en una botella, sí, pero yo prefiero pañales. Otros compañeros también los usan.

—¿En un tejado?

—Es donde se suelen poner los francotiradores.

Ambos dieron un sorbo de sus tazas casi al mismo tiempo. Ada soltó el aire caliente con olor a café como si fuera la mejor parte del desayuno.

—Acepto —dijo—, pero ¿qué tengo que ver?

—Echa fotos cada vez que pare y con cada persona que hable. Me las vas mandando.

—¿Y si se mete en una propiedad privada?

—Me llamas y me lo cuentas, y a partir de ahí te digo qué hacer.

Ada asintió y le dio un bocado a la tostada. Francisco la imitó; ambos parecían tener buen apetito. Cuando acabó de tragar, la mujer levantó un dedo, pensativa.

—Me parece que al final tendré que hacer cosas ilegales.

—Si te metes en esto, no me puedes decir que no a nada —cortó Francisco—. Si hay que hacer más cosas, cobrarás el doble, el triple o una barbaridad, según lo que sea, pero no me puedes decir que no, porque estoy confiando en ti. Si te ordeno hacer algo según lo que me cuentes, y me dices que no, entonces tendré que mandar a alguien a por ti; quiero que lo sepas.

Ada jugueteó con la lengua dentro de la boca y luego se rio como en un bufido. En lugar de mostrarse más chulesca, se encogió de hombros y dijo:

—¿A quién quieres que siga?

—A Domingo. Dentro de poco va a pasar por esta misma calle con su coche. Él ya conoce tu moto, pero me parece que, si te cambias el casco y las alforjas para llevar cosas, podrás ser discreta. Te voy a dar mil quinientos euros para que compres lo que tengas que comprar en una tienda de artículos de motos que hay al final de esta misma calle. Como si te tienes que comprar una chaqueta nueva; que no te conozca.

—¿Se habrá quedado con mi matrícula?

—No, no lo creo. No es de esos.

Ada asintió. Luego enarcó las cejas.

—¡Guau! A Domingo ni más ni menos.

—¿Estamos de acuerdo? Ya conoces su coche. En el sobre llevas la segunda mitad del pago por lo de Gibraltar y los mil quinientos que te he comentado.

—¿Y si no hubiera aceptado?

—Habría sido tu pago por olvidar esta conversación. —Francisco consulto su reloj y miró por la luna de la cafetería hasta la calle—. Este es el mejor sitio para que puedas empezar a seguirlo. Va a pasar aquí con su tanque a eso de los once, dentro de unos veinte minutillos.

La mujer se acabó el café y le dio otro bocado a la tostada antes de levantarse.

—¿Voy a tener reemplazo, para dormir o algo?

—Lo vamos viendo, Ada. No me falles.

Ada se lo quedó mirando de nuevo, con esa intensidad extraña que podría provocarle el aborto a cualquier mamífero superior.

—Ambiguo —comentó sin matices.

Se echó la mochila al hombro y se largó. Francisco miró la tostada que había dejado a medio comer; los bocados que daba no eran una broma. Puso un billete sobre la mesa, avisó al camarero con un gesto para que se cobrase y se quedase la propina, y salió de allí. Pidió un taxi en la calle paralela. Mientras esperaba que llegase, tuvo tiempo de apreciar la sensación de no contar con escolta, compañía o consejo; quizá todo aquello fuese producto de la imaginación de Sokolov, pero le estaba sirviendo para tomar perspectiva de lo dependiente que se había vuelto los últimos años, y lo difícil que eso le hacía disfrutar del dinero que ganaba, de la posición social que había adquirido.

De hecho, lideraba un clan por herencia paterna, pero no tenía descendientes.

Una vez dentro del taxi, abrió la aplicación de seguridad y se dedicó a comprobar qué hacía el bueno de Dominico a esas horas, qué había hecho durante la noche y en lo que llevaban de mañana. Se puso sobre alerta al ver que, todavía en albornoz, daba vueltas de un lado a otro del salón con el móvil en la mano mientras buscaba algún número en la pantalla. Posiblemente ni recordaba cómo se usaba su viejo teléfono.

«¿A quién llamas?», se preguntó Francisco.

Hasta que sonó una llamada entrante, cosa que casi le provocó soltar el teléfono, y se dio cuenta de que Dominico lo estaba llamando a él. Cerró la aplicación de las cámaras con el pulgar y atendió la llamada.

—¿Qué tal, cómo estás? Cuéntame.

—Cuéntame tú, Francis.

—Nada, estoy controlando el asunto, pero, por ahora, nada.

No necesitaba las cámaras para saber que Dominico seguía moviéndose, presa del nerviosismo. ¿Cuántas miles de veces habría hecho lo mismo en su celda?

—Estoy pensando que tenemos el contacto del francés que nos ayudaba de vez en cuando a contratar gente de fuera. A lo mejor le podemos preguntar por el número de Arman y quedar con él directamente. No se pierde nada.

—Ahora mismo no puedo hablar, amigo, pero no estoy convencido de querer levantar ninguna liebre.

«Ninguna que no seas tú».

—Ya, ya. Pero… tiene que ser una casualidad, de verdad. Ahora viene a verme Domi, pero me dijiste que no quedara con él. ¡No le voy a decir que no venga!

—Lo sé. Tú tranquilo. Si sube, que se vaya pronto. Asómate al balcón y si ves que tiene problemas para aparcar, dile que no pasa nada, que ya quedaréis mañana o algo. Dile que te hartaste de comer y que tienes cagalera.

—Vale. ¿Qué más puedo hacer?

—Te mando un mensaje.

Y colgó. De inmediato le escribió un sms para informarle de que Raimundo se iba a acercar en breve para llevarle una herramienta, por si acaso. En jerga, aquello era un arma de fuego. Justo después escribió a Raimundo para pedirle que le llevase una herramienta a Dominico. Ambos respondieron afirmativamente, pero Raimundo además le preguntó dónde andaba.

Francisco no necesitaba responder. Se reclinó en el asiento trasero del taxi y movió la cabeza a un lado y a otro para destensar los músculos del cuello.

—Lo siento —dijo el taxista—. Que no haya podido usted hablar.

—Ni lo mencione, hombre. Está usted trabajando, gracias.

En su ciudad, la gente de la calle sabía quién era el jefe del clan de los Claros.

Más tarde se pasó por la finca La Maquinita y se metió en su oficina, donde estaban los planos, llaves, contratos, etcétera. Vio que Carlos había dejado en su sitio el juego que pertenecía al piso de Dominico. Echó un vistazo a las cámaras de aquella vivienda a través del móvil y vio en directo cómo Raimundo ya había llegado para entregar un revólver corto, una caja de munición y una funda tobillera. Dominico al menos había cambiado el albornoz por un chándal.

Ofreció una cerveza a Raimundo y se quedaron viendo una competición de billar y charlando de los viejos tiempos. El viejo era bueno; cincuenta y siete años daban para aprender muchas habilidades, y nadie podría decir por su charla ni su gestualidad que tuviese ningún tipo de preocupación.

Carlos, el jefe de obra, se acercó a la oficina. Francisco cerró la aplicación de vigilancia y puso el móvil bocabajo sobre la mesa.

—¿Todo bien, señor Claro?

—De puta madre. Muchas gracias, y perdona por las prisas.

—La chica de seguridad está fuera, por si necesita preguntarle algo.

—Dale, que pase.

Carlos hizo un gesto con la mano, tras lo cual accedió al contenedor metálico acondicionado como oficina una joven de cerca de metro ochenta y posiblemente más de cien kilos, con unos vaqueros y una sudadera anchos, una gorra con visera y un maletín negro.

—Buenos días... buenas tardes ya.

—Siéntate. ¿Te llamas?

—Diana.

Francisco hizo un gesto a Carlos para que se fuera y cerrara tras él; sabía hacer gestos que implicaban varias órdenes al mismo tiempo, capacidad que había heredado de su madre, cuya sangre sureña la convertía en una persona extremadamente expresiva.

—Has hecho un trabajo sensacional, Diana. Tú sabes quién soy yo, ¿verdad?

—Claro. —Al darse cuenta del juego de palabras, se sonrojó, pero Francisco rio de buena gana y le restó importancia con la mano; al mismo tiempo, en el mismo gesto, dejó entrever que le sucedía habitualmente—. Sí, señor. En mi trabajo la discreción es importante.

Se quitó la gorra. Tenía los ojos algo pequeños para su rostro, un piercing en la aletilla derecha de la nariz y los labios pintados de morado, pero nada más de maquillaje.

—Me va a hacer falta algo cómodo para escuchar conversaciones sin tocar el móvil y para poder hablar muy bajito. Creo que los militares tienen algo así.

—Sí, señor Claro. Lo suelen llevar en la garganta, pero no creo que usted...

—No, eso no sería discreto.

—Le recomiendo el mismo sistema que se ve en las películas, pinganillo en el oído y micrófono en el puño de la camisa.

—Eso será perfecto, pero prefiero en el cuello de la camisa.

La chica abrió el maletín y sacó los elementos que había descrito. Sonó el teléfono de Francisco; era una llamada entrante de Ada Negre. Atendió la llamada sin demora.

—Dime.

—Está en el aparcamiento del Venicio, hablando con tres chavales que van en vespas. He hecho fotos de las matrículas.

—¿Son tres motos, no cuatro?

—Tres.

—De acuerdo. ¿Te dio tiempo a cambiarte?

—Claro. He comprado para poder cambiarme, como hablamos.

—¿Y pañales?

—Cuando acabe todo esto te voy mandar un paquete con los que use a la dirección que me digas. Habrás aprendido algo nuevo.

Francisco se rio de buena gana. Luego dijo:

—Te voy a enviar unas fotos de personas, por si coincide con algunas de ellas, ¿vale?

—Perfecto. Cuelgo.

Cuando acabó la conversación, Diana le pidió que le dejara el teléfono móvil para vincularlo al sistema de habla y escucha. Había algo mecánico en la manera en que la joven hablaba, se sonrojaba, manipulaba el maletín. Incluso en el modo en que ignoraba una conversación que no le correspondía. Algo que debería haber llamado a la empatía de Francisco, ya que las personas con escasa habilidad social, generalmente, arrastraban un historial de pesadilla en su paso por el colegio o instituto.

Sin embargo, él sintió urgencia por perderla de vista.

—Dime cómo se hace, y ya me encargo yo —respondió con toda la amabilidad de la que era capaz en ese momento.

Las obras en La Maquinita marchaban bien, se había despejado todo lo necesario para que entrasen las máquinas más pesadas, se habían señalizado todas las canalizaciones y estaban dispuestos, además de su oficina, los barracones para los trabajadores.

El siguiente paso sería demoler la casa, retirar los escombros, luego levantar el suelo y remover los viejos cimientos, y por último comenzaría la nueva construcción, que tendría alcantarillado en lugar de fosa séptica, un sótano amplio y cimientos duraderos. Antes de marcharse, Francisco dio un paseo por el interior de la vivienda, ya vacía de muebles y de todo lo que se pudiese retirar a mano, como baños, fregaderos, mampostería y pladur. La parte que él había conocido en mayor profundidad colindaba con aquel patio para niños con una canasta de baloncesto y una manguera, justo al lado de la caseta de jardinería. En esa parte de la casa había un cuarto de baño, cocina, tres dormitorios y una alacena, una salita para jugar y otra para ver la tele.

En esa salita para ver la tele había una puerta de seguridad, ya retirada, que conducía a los dominios de su padre, donde ni siquiera su madre, cuando vivía, había tenido libre acceso. El pasillo fresco conducía a una sala de espera donde hubo unas bancadas y un mostrador de utilidad desconocida. También había unas oficinas ocultas tras una pared falsa, a un lado, y al fondo un gran salón.

Francisco accedió al salón y se quedó en el centro de aquel parqué deslustrado por el tiempo y sucio por las botas de los trabajadores. Si alguna vez lució dibujos o adornos, eran irreconocibles. Allí, su padre había organizado fiestas con el tal Arman, que no era más que un hombre de armas de Sokolov, y con gente poderosa que no caía bien al ruso, tampoco a Dominico; Dominico tenía que saber algo más de toda esa gente, posiblemente cosas que habría jurado ante Ernesto Claro no confesar a nadie.

«¿Tu padre era un hijo de puta? Lo era, un enorme hijo de puta. ¿Me hubiera gustado que no te hubieras tenido que ir a estudiar fuera? Por supuesto. ¿Me hubiera gustado que mi hijo no estuviera metido en esta mierda de vida? Pues no lo sé, porque contigo como jefe, no va a tener la misma vida que yo tuve con tu padre».

Eso había dicho el viejo lugarteniente, con toda la razón. Cuando se marchó de casa a estudiar a una residencia universitaria, y posteriormente al extranjero, las últimas discusiones que Francisco había tenido con su padre le traían el recuerdo del pánico superado por mero orgullo, de la proximidad de la violencia, del asco y el hastío. El tiempo y la distancia limaron las cosas, y, cuando volvió, su padre parecía decidido a tratarlo con el respeto que merecía un príncipe, mientras su carácter soberbio se marchitaba en una amargura cada vez más evidente.

Si no fuera porque resultaba imposible, Francisco podría pensar que su padre se había reventado la cara a sí mismo con un martillo, cansado de verla reflejada en el espejo.

Dio un par de patadas al suelo con la puntera de las botas. Chasqueó los labios, frustrado por no poder sacar información del parqué y de las paredes, y luego se largó. Al menos, le quedaba la satisfacción de poder mandar a la mierda todo lo que había construido su padre, limpiando el dinero que se sacaba de los negocios heredados en una transfusión constante que acabase depurando para siempre al mismo Francisco, y derribando aquella casa que había acogido fiestas de las que hombres muy duros preferían no hablar, y construyendo encima algo nuevo, mejor y también limpio.

Al salir al exterior, aspiró el olor de los pinos de la finca: infancia, verdad y futuro, verano y agua, Tormenta. El recuerdo se atravesó en su garganta.

Raimundo y Dani lo llamaron porque requerían su presencia de manera urgente. Se trataba de hombres fiables y cautos. Ellos se habían encargado en un principio de escoltar al antiguo abogado al peñón de Gibraltar, y supieron salir del paso cuando, en el retorno a suelo español, las autoridades les hicieron demasiadas preguntas. Para Francisco era importante contar con hombres que tenían la capacidad de decir, si las circunstancias lo requerían, que era mejor que no contara con ellos.

En la estructura de su negocio, en lo referente al contrabando de droga, existían tres niveles. Dani era responsable de guardar y distribuir todo el alijo. Operaba desde una piscifactoría al aire libre del Parque Natural, donde la mercancía se disimulaba y se transportaba a la ciudad como productos de la lonja. Para ello disponía de tres hombres de seguridad las veinticuatro horas del día. Él estaba en lo más alto de la estructura y recibía personalmente a cuatro distribuidores, que se dedicaban en exclusiva a ese negocio y que tenían sus propios medios de blanqueo, sólidos, algo imprescindible para tener tratos con el clan de los Claros.

Por debajo de estos cuatro distribuidores, que eran el segundo nivel, y que no formaban parte estrictamente de la organización, había una red de modestos camellos que vendían directamente, en los locales, entre sus contactos o a través de la *Deep web*, o que también proveían de pequeñas cantidades para el menudeo a trapicheros que formaban parte de pequeñas bandas. Las exigencias de seguridad y calidad en este tercer nivel eran inexistentes. Si un trapichero quería cortar el hachís con alquitrán, no era asunto de Francisco. Si salía en Tik Tok alardeando de la pasta que ganaba y lo pillaba la policía, aquello jamás salpicaría a la organización. Sin embargo, con el segundo nivel, con los cuatro distribuidores, Francisco no permitía fallos ni ostentaciones. Sus hombres le habían dicho que el asunto tenía que ver con Arny, que era uno de esos cuatro.

Quedó con ellos en la trastienda de un local de grabación y ensayo, uno de los negocios que les servían para blanquear y también para almacenar armas.

—¿Qué pasa? —le preguntó a Dani nada más cerraron la puerta.

Aquella sala estaba insonorizada como la mente de un cadáver. Tampoco había cobertura, y eso le ponía un poco nervioso dadas las circunstancias, porque sentía que, en cualquier momento, Ada lo podía llamar o mensajear a través de la línea segura para comunicarle algo importante.

—Arnaldo Cosme, el Arny, que le han pegado una paliza y le han robado todo el material. Está en la UVI.

Atacar a un distribuidor, a alguien del segundo nivel, suponía atacar a la organización, sobre todo teniendo en cuenta que pagaba el material, descontados los beneficios, a mes vencido, cuando su gente ya lo había movido por la calle.

—¿La policía sabe algo?

—No. Hemos mandado a alguien allí para que limpie. Vivía solo y los vecinos no se han enterado de nada —dijo Raimundo—. Creemos que lo han cogido cuando salía del aparcamiento, le han pegado al lado del coche, le han obligado a abrir la casa, le han robado y allí le han terminado de dar la paliza.

Francisco asintió. Miró el reloj. No había recibido ninguna comunicación de Ada desde aquella primera, tres horas atrás.

—Poneos en contacto con los otros tres distribuidores. Que tomen precauciones, y que pasen el mensaje al resto de su red de contactos. Cualquiera que se entere de algo, que venga a nosotros directamente, que les pagaremos bien. Tenemos que averiguar quién ha sido antes de que acabe el día.

Raimundo asintió y Dani se echó hacia atrás en la silla, visiblemente fastidiado. Sacudió sus rizos surferos como si quisiera quitarse un dolor de cabeza.

—Estaba reventado el chaval.

—¿Has ido a verlo?

—No, no… ¿estamos locos?

—Bien. Me importa un carajo cómo estuviera el chaval. Hablad con nuestro contacto en la policía local y que quede claro que es un asunto interno, que nadie vaya a tocar los cojones al hospital por el momento, ¿de acuerdo?

—Sí, jefe.

—Hablad con Sevilla, Málaga, Huelva y Marruecos, con nuestros amigos, por si se enteran de algo.

—Sí, jefe —repitió esta vez Raimundo.

—Emplead los hombres que hagan falta, menos a la gente de Domi. Usad a Antonio, Marcos, Pepón… ya sabéis. Arny tiene que poner denuncia, ¿ok? Que le han robado cosas normales y dinero. Cuando localicéis a los ladrones, les tocáis la cara, como si Arny se hubiese defendido con un palo. Explicadle a esos mierdas que van a ir a la cárcel, que van a confesar lo que les pidamos que confiesen, y que, como se salgan una coma del guion, les vamos a quitar la vida, los tiramos a la puta bahía. Que se den cuenta de que la cárcel ahora es más segura para ellos que la calle.

Se levantó, deseando salir de aquel sitio.

—Hoy tengo el día ocupado. Ponedme al corriente de lo que sea.

Y se largó sin dar tiempo a que le preguntasen, del modo más sutil posible, en qué cojones estaba ocupado, por qué no podían contar con la gente de Domingo y por qué estaba yendo solo a todas partes.

PARTE II

EL LABERINTO

Propiedad privada

Ada Negre había comprado alforjas nuevas para la moto, un casco naranja fuego y una chaqueta de motera de color blanco. Combinando con lo que ya tenía, podía parecer una persona distinta cada hora, pero seguía sin fiarse del tema de las matrículas.

Mientras seguía al espectacular todoterreno del chaval a la salida del Venicio, por una carretera comarcal agrietada y rodeada de campo yermo, usó el sistema bluetooth del casco de la moto para llamar a Mateo Duncan. El agente del CNI no respondió de inmediato, pero devolvió la llamada desde otro número unos minutos más tarde.

—Aquí Duncan.

—Voy a necesitar matrículas falsas para la moto.

—De acuerdo, te las puedo dejar en el *camping*.

—Negativo. Estoy siguiendo a alguien.

—Se nota por el ruido.

—Te daré mi localización cuando sepa que me voy a quedar quieta un rato.

—Bien, pero no podrá ser antes de tres horas.

—Bien.

—¿Es gordo?

El chico conducía bastante lento para lo que parecía ser habitual en él, limitado por la velocidad de las vespas. Ada se permitió seguirles a más de medio kilómetro de distancia por aquel paisaje diáfano.

—Por ahora es una cosa interna, pero podría ser gordo. Podría haber otras organizaciones implicadas.

—Demasiado pronto para ti si la cosa estalla —se burló Mateo Duncan—. Vas a ganar poca pasta.

—Te voy a mandar unas fotos en cuanto pueda aparcar, de unos tipos que podrían estar en contacto con gente del clan de los Claros sin que el jefe lo sepa. Así vas llenando tu tablón de corcho.

El agente se rio.

—No uso esa mierda.

—Bueno, por cada cosa que te envíe, foto, localización, número de teléfono... lo que sea, yo voy a ir sumando una cifra. Si cuando acabe esto, no he ganado esa cifra, el resto me lo vais a pagar de los fondos reservados. Si no, os quedáis como estabais.

—Es una opción —dijo Duncan—. La otra opción es que seas sustituida. ¿Sabes cómo hacemos eso?

—Contándoselo a alguien que piense que va a morir de viejo.

Cortó la comunicación. Dio un poco de gas cuando la extraña caravana, el gigante escoltado por avispas negras, tomó un carril de cambio de sentido que acabaría en una rotonda con opción a seguir varias direcciones. Aquello entonó a Ada, que comenzaba a aburrirse; con mucho, prefería las curvas.

A las cinco y media de la tarde, Mateo Duncan llegó al aparcamiento del club de carretera que por la noche desplegaría luces de varios colores alrededor de la silueta de una señora. Ada ya había informado a Francisco de la parada de los chicos, y de que no había mayores novedades, ni parecían haberse encontrado con nadie, pero no era un lugar en el que ella pudiera colarse sin llamar la atención.

«Ellos no son clientes de ese sitio; suelen usarlo para guardar mercancía», le había dicho Francisco Claro.

El agente Duncan iba en un utilitario de aspecto discreto pero buena cilindrada, un Toyota Yaris color pardo. Tras aparcar y bajarse del coche, hizo como si consultara el móvil. Luego pasó junto a Ada y dejó caer una maleta alargada de deporte. Siguió camino hasta la entrada del puticlub, pero luego miró el reloj, como si hubiese calculado mal la hora, y se volvió al coche. Cuando pasó junto a Ada de nuevo, movió un poco su bigotillo y dijo:

—Unos chavales modélicos.

—Han ido a la parte de atrás. Imagino que a por drogas o pasta. Atrás no hay coches aparcados.

—Ok.

El agente se metió en el Toyota. Desde allí echó sus propias fotos a las vespas negras y al todoterreno de Domingo Fossati, y luego se largó. Para cuando el coche ya se perdía por una suave curva del terreno, Ada estaba cambiando las matrículas de la moto.

—Sustituirme, ya sabes cómo, dice el gilipollas —murmuró.

Eran las seis de la tarde.

Decidió abandonar el aparcamiento y esperar con la moto tras unos setos altos que había a los pies de un cartel publicitario. Recibió un mensaje de alarma; se trataba de una nota que ella misma se había puesto en el móvil para recordarse que al día siguiente tenía un chequeo médico de revisión. Se dio cuenta de que, a esa hora, en ese lugar, ni aunque tuviese todas las riquezas conjuntas de todos los narcotraficantes del planeta sería capaz de cambiar la hora de la cita. Aquello la hizo sonreír. Al fin y al cabo, le parecía bien que no todo pudiera comprarse con dinero.

Su objetivo y las motos de escolta abandonaron el aparcamiento del puticlub y pasaron a la vera del cartel tras el que se escondía Ada. Esta se incorporó a la carretera cuando se hubieron perdido de vista por la misma curva por la que había desaparecido minutos antes del Toyota Yaris de Mateo Duncan. Los siguió mientras la luz del día se volvía crepuscular, suave, como de piel de naranja.

Al poco abordaron una carretera secundaria sin asfaltar que no parecía conducir a ninguna parte. En breve tendría que encender las luces de la motocicleta, y eso era bastante imprudente en un escenario tan solitario como aquel. Enfiló la carretera, casi una vereda, que se desarrolló entre escombros, arbustos y socavones durante casi dos kilómetros, hasta que pudo ver el lugar al que se dirigían Domingo y los suyos: una enorme chatarrería que casi parecía una ciudadela destinada al reciclaje.

No le gustaba la idea de tener que seguirlos allí dentro, pero al menos se trataba de una especie de establecimiento público donde se podía preguntar por piezas de recambio o cuestiones similares; no era un puticlub, en definitiva.

Los vehículos bordearon la valla hasta encontrar una gran puerta lateral por la que entraron sin demasiados preámbulos. Anochecía cuando la puerta se cerró tras ellos.

Ada llamó por teléfono a Francisco Claro.

—Dime.

—Acaban de entrar en propiedad privada —dijo.

—¿Estáis en carretera todavía?

—Más o menos, en un camino de tierra.

—¿Dónde carajo han entrado, Ada?

—En una chatarrería enorme.

Hubo unos segundos de silencio. Luego Francisco, con voz apesadumbrada, preguntó:

—¿De qué comarcal habéis salido?

—De la C-440.

—Joder, me está queriendo parecer una cosa... Es importante que entres allí y que averigües con quién se va a reunir. Como comprenderás, Domingo no compra recambios de coches desguazados para el suyo.

—Ni ha entrado por la puerta principal. Pero esto es una propiedad privada. Es mejor esperar a que salga la gente con la que se va a reunir.

—Lo has dicho tú, Ada. Es una chatarrería enorme y tiene varias puertas. Además, es posible que haya ido a reunirse con la dueña, Krys Rumana, y si es así, también tengo que saberlo.

—Acuérdate de lo que dijiste de duplicar, triplicar...

—¡Que sí, joder! Pero entra ya. Solo quiero saber con quién se reúne.

Ada colgó a través del sistema de bluetooth del casco de la moto. Desde donde estaba, una parte elevada del camino, podía ver que, en algunas zonas de la chatarrería, por el centro, había luces suaves encendidas. En la puerta principal, sin embargo, se encendieron en ese momento dos focos.

Aquello no era como caer en paracaídas detrás de las líneas enemigas, pero se le estaba comenzando a parecer bastante. A alguno de los pazguatos de la plantilla habitual de Francisco Claro, quizás al mismo Francisco, posiblemente le pareciese exagerado lo que Ada se disponía a hacer. Sacó la moto del camino, la dejó oculta entre arbustos, se cambió la chupa blanca por la oscura y seleccionó el equipo para infiltrarse en aquel sitio.

Llevaba dos muñequeras de cuero que pasaban por meros adornos, de un ancho de tres dedos, donde era imposible guardar un arma, pero una de ellas escondía un cable extensible para degollar, y la otra unas pequeñas ganzúas. En cada bota de motera, en el hueco formado por el tendón de Aquiles y el maléolo exterior, encajó una fina navaja táctica con su funda; no veía manera de llevar discretamente el mítico machete del cuerpo de zapadores del Ejército del Aire. Cargó una bandolera bien ceñida al costado con una batería recargable multifunción, una linterna, algunos útiles básicos y un par de cargadores para la pistola.

Aprovechó para orinar entre los arbustos y se aplicó unos pañales desechables de cuya existencia el jefe había dudado en varias ocasiones. Luego puso el silenciador al arma y se la colocó en una funda al costado, cubierta por la chaqueta de motera. Le parecía haber visto concertinas en el vallado exterior. No tenía guantes anticortes ni nada parecido, pero siempre llevaba en la moto una herramienta de zapador que incluía pelador de cables, abrelatas, cortador de metal y varias cabezas de llave. Esa cosa poseía un puntero láser que le permitía medir distancias.

Le producía malestar físico dejar el resto del equipo allí tirado, junto a la moto; no estaba acostumbrada a separarse de su concha de caracol. Al menos, los elementos más valiosos estaban bien escondidos en el bungaló del *camping* Rider, entre ellos su bien más preciado: un rifle de francotirador Accuracy AXMC 338.

Durante unos instantes dudó si no sería más conveniente intentar acceder a la puerta de aquel sitio como una persona normal, soltarles cualquier milonga sobre alguna pieza que estaba buscando y escabullirse de cualquier modo el tiempo suficiente para obtener la información que necesitaba. Luego pensó que, si los dueños de aquel sitio eran anfitriones de la reunión que estuviese manteniendo Domingo, de haber alguna, estarían demasiado alertas como permitirle cualquier tontería.

Sacó un catalejo pequeño de visión nocturna, lo añadió a la bandolera y se encaminó a la chatarrería evitando el camino, agachada y serpenteando como dictaba su entrenamiento. El campo olía a polvo y a mierda dispersa, comenzaba a oler a flores, pero todo aquello era difícil de percibir por el hegemónico olor que desprendía la chatarrería: goma, metal y humo viejo.

A medio camino, un conejo salió del paso de Ada para huir con velocidad entrecortada, pasmosa igualmente, y desapareció abanicando un arbusto seco. Aquello no le provocó ningún susto, pero le hizo acordarse del móvil y lo sacó para ponerlo en silencio. Luego echó un barrido con el catalejo de visión nocturna. En la puerta principal había un hombre montando guardia; por el resto del perímetro no se veía a nadie, pero en algún punto se escuchaban perros enzarzados en alguna refriega. Que hubiera perros no le gustaba un pelo, y tampoco llevaba encima nada que le permitiera camuflar el olor humano.

«Entrar y salir», se dijo a sí misma. «Ya lo has hecho antes».

Abordó la valla lejos de la puerta lateral por la que había entrado el coche de Domi con su séquito de vespas. Sacó la herramienta y practicó varios cortes en el entramado de grueso alambre, cerca de uno de los postes metálicos. Se coló por la abertura y la colocó para que no llamase demasiado la atención. Estudió los alrededores de modo que fuese capaz de encontrar el sitio si tenía que salir corriendo; se encontraba entre dos filas de neumáticos de tractor, enormes y sólidos. Al otro lado de una de las filas había un poste de tendido eléctrico.

Aquello tendría que ser referencia suficiente.

En esa zona no se escuchaban ladridos. Ada tanteó una columna de neumáticos y comprobó que era tan pesada que se podría escalar por ella sin temor a tumbarla, y que, de hecho, era imposible derribarla solo empujando. Aquella zona olía intensamente a goma.

El olor a goma y a tierra nocturna la trasladó con rapidez a su antiguo oficio, a las decenas de veces que se había colado en algún enclave reptando bajo la panza de los coches del enemigo o entre las ruedas de helicópteros de combate.

Cuatro meses atrás, un viejo compañero la había avisado de la muerte por leucemia de otro miembro del cuerpo. La muerte lo encontró en la indigencia, ya que al salir del ejército se había intentado ganar la vida como portero de discoteca, y no era un oficio que respetase las bajas laborales ni la debilidad física.

El olor a goma también le recordó por qué estaba allí.

Ada siguió adelante, erguida, ya que las columnas de neumáticos la cubrían de sobra. Llegó al final de aquel pasillo estrecho y, al girar a la derecha, se encontró una de las vallas que discurría paralela a otra para formar un pasillo, en este caso por el que habían entrado Domingo y su gente. Se alejó unos metros con el objeto de seguir la valla sin ser vista, buscando el parapeto de la mala hierba más alta y de otros neumáticos. La noche era cerrada, de la luna creciente solo se veía un fino perfil. Las luces suaves que detectó desde lo alto del camino ya comenzaban a crear sombras tenues en los objetos, en ella misma.

Las vallas que formaban un pasillo para coches se abrieron en cierto punto, creando un área diáfana que acogía un edificio bajo y moderno. En el suelo había luces de jardín y varios vehículos aparcados sobre la grava; entre dichos vehículos se encontraban el Rezvani Tank y las tres vespas. No parecía haber nadie vigilando; en realidad, debía ser difícil esperar visita allí dentro, en el corazón de un laberinto de chatarra y goma, en medio del campo.

Salía luz de algunas ventanas, todas del mismo lado. Ada calculó que esa especie de caseta de lujo debía medir uno doscientos metros cuadrados. Había cámaras de seguridad. Usó el puntero láser de la herramienta para medir distancias, tras estudiar el campo de visión de las cámaras, y hacerse una idea concreta de sus ángulos muertos.

Se sintió tentada de quitarse la chamarreta, porque empezaba a tener calor debido a la actividad y la tensión; principalmente debido a la tensión. Sin embargo, en caso de tener que salir rápido de allí, no podía pararse a recoger cosas, y desde luego no quería dejar atrás nada que pudiera ser olfateado por un perro. De hecho, seguía siendo lo que más le preocupaba, ya que alguno de esos cabrones, si estaba bien entrenado, podía encontrarse en las cercanías esperando el momento de lanzarse a por sus piernas.

Una vez, en Montenegro, tuvo que matar un perro guardián a machete y jamás había visto la muerte más cerca que entonces, una muerte dolorosa y sucia. El perro era un rottweiler negro de cuarenta kilos que le desgarró la piel del antebrazo derecho en dos o tres segundos como si tuviese una máquina de picar carne en las fauces.

Y no había ladrado en ningún momento, ni al morir.

Ada se centró en la idea de que aquella incursión le iba a suponer unos ingresos semejantes a un mes de trabajo destacada en territorio de guerra, quizás ascender en el clan de los Claros, estar más cerca de servírselo en bandeja al CNI y, por tanto, retirarse por un túnel creado por las cloacas del estado para ella, a disfrutar lo que le quedase de vida en Cuba o Marruecos. Tranquilizó su respiración, volvió a estudiar los alrededores con el visor nocturno, abrió y cerró la boca varias veces para dejar de apretar los maseteros, y se encaminó casi a cuatro patas hacia la casa.

Si sus cálculos no habían fallado, llegó a la pared siendo indetectable para las cámaras. Había un murmullo de voces que no pretendían susurrar, pero las paredes exteriores de aquella construcción eran lo bastante gruesas para amortiguar el sonido.

«Ya queda poco. Unas fotos y nos vamos».

Puso el móvil en modo *selfie* para usarlo como espejo, de modo que podría ver lo que había dentro de las habitaciones permaneciendo pegada a la pared y asomando tan solo el aparato. Ella se encontraba en una sección lateral, más larga que la frontal, y la pared más cercana estaba a su derecha. Asomó la esquina del móvil, lo suficiente para que la cámara captara el interior.

Se trataba de una cocina con encimeras de granito negro. Desde allí solo podía ver un trozo del extractor metálico y la puerta que daba al resto de la casa. No parecía estar ocupada, pero alguien se había dejado un cajón entreabierto.

Pasó por debajo de la ventana y siguió la pared hasta la siguiente. El sonido de voces era cada vez más claro a medida que se alejaba de la parte frontal. Ada se arriesgó a ponerse unos segundos de pie con el objeto de destensar las rodillas y los tobillos.

Avanzó un poco más y usó el móvil para asomarse virtualmente a la ventana. Había cortinas que solo permitían ver siluetas. Ada se despegó un poco de la pared para mirar. Era una cortina doble, traslúcida; en la unión de ambas patas había un hueco por el que quizá la cámara pudiese grabar, pero sería imposible que ella estuviese mirando al mismo tiempo, ya que tendría que pegar el móvil a la ventana.

Grabó algo más de un minuto a ciegas y luego se sentó en el suelo para ver lo que el móvil había captado. A pesar de tener pulso de francotiradora, la postura había sido lo bastante forzada como para producir un temblor que colaba de modo constante en el campo de visión uno u otro borde las patas de las cortinas. Solo había grabado unos cuantos segundos a través del hueco. En ese tiempo distinguió a un chico arrodillado, bajo una luz anaranjada, con el torso desnudo. Alguien pasó por delante varias veces. Luego alguien pasó por detrás, un hombre con un elegante traje de chaqueta y que llevaba gafas de sol allí dentro, alargadas, como de tebeo, y algo en la mano.

Ada volvió a poner ese trozo y amplió la imagen hasta que distinguió que lo que el hombre llevaba en la mano era un cuchillo largo, o espada corta con el filo hacia la parte interior curva, una falcata. Casi al final de la grabación le pareció que pasaba una mujer desnuda.

Murmuró pensamientos desconcertados y sintió tanta repulsión como curiosidad. No se le ocurrían circunstancias en las que se combinasen armas exóticas, mujeres desnudas y jóvenes postrados, aparte de la evidente: algún tipo de rito. Algún tipo de secta. Sexo, dinero, poder. Los ejércitos eran un excelente caldo de cultivo para esos grupos; Ada imaginaba que las organizaciones mafiosas, también. Tuvo un recuerdo relámpago de un escuadrón de la muerte de la Nueva Ustacha que ayudó a neutralizar en su último año de servicio; pantalones militares, torsos desnudos, una chica destripada en el suelo de un almacén de grano, los tipos bebidos, tatuados, rapados y fuertemente armados canturreando que «En Madrid, en Madrid, en una tumba de oro, descansa el líder de todos los croatas».

Cuando Ada y su compañero de Operaciones Especiales apretaron el gatillo, los fieles a Ante Pavelic igualaron en falta de trascendencia a la chica destripada del suelo.

Siguió avanzando por la interminable pared de veinte metros hasta llegar a la parte trasera de la casa. Allí las voces eran casi perceptibles y Ada vio algo que estuvo a punto de hacerle soltar una exclamación de victoria: una ventana abierta.

Se dispuso a aproximarse a la ventana, pero entonces escuchó a su espalda un sonido tan alarmante como familiar para ella; alguien que accionaba la báscula de una escopeta. Durante unos instantes todo su interior se convirtió en los latidos del corazón, la entereza loca de la adrenalina y la memoria muscular de sus manos, pero aguantó el instinto de sacar la pistola y disparar bajo la axila.

Quien hubiese cargado la escopeta hizo un sutil sonido de silbar, prescindiendo de la fuerza de los pulmones, como la caricia de un grillo, sin duda dirigido a ella. ¿Alguien la había sorprendido espiando y no daba la alarma? Ada giró la cabeza para mirar por encima del hombro. Estaba tan jodidamente cerca de ver lo que sucedía en aquella casa…

El tipo era bastante moreno, posiblemente gitano, aunque la iluminación no permitía distinguir con claridad sus rasgos. Se llevó una mano, un dedo, a los labios, para pedirle silencio. Ese hombre no quería que lo descubrieran ni a él ni a ella. Posiblemente estaba encargado de la seguridad de todo el recinto y que se supiera que alguien se había colado podía suponerle una complicación.

Quizá por eso no disparaba.

Quizá, sencillamente, era una persona normal que no quería matar a nadie.

Un hombre, dentro de la casa, dijo:

—Quietos, que va a durar poco.

Ada se incorporó con las manos en alto. El tipo la apremió, agitando la escopeta, desperado por largarse de allí. Para su desgracia, ya había mostrado todo lo que Ada necesitaba saber. Ella le enseñó el móvil. El hombre negó. Ada se acercó a la ventana sin apartar el contacto visual. El hombre dio un paso adelante, entrando en el cerco iluminado, y la apuntó con la escopeta.

Ada atrasó la mano para que el móvil grabase algo de lo que sucedía en la casa. Se escuchaba, desde el interior, que el mismo hombre decía:

—Pito, pito, gorgorito, ¿dónde vas tú tan bonito?

Y un chaval, casi un niño, suplicaba:

—Ya está bueno, joder...

Y el gitano adelantó una mano para coger a Ada por la ropa. Esta le sostuvo la muñeca, el cañón de la escopeta pegado a su pecho.

Y el hombre decía:

—A la era verdadera...

Alguien lloraba y alguien decía con ánimo salvaje, quizá Domingo:

—¡Tranquilo, joder, que es una prueba!

—¡Que me quiero ir de aquí!

—Pin, pan, pun, fuera.

Y se escuchó un disparo.

Ada recogió el móvil y tuvo el impulso de asomarse, pero el guarda tiró de ella mientras el eco del disparo aún era dueño de todos los sonidos. La arrastró para que corriera delante de él, ambos pegados a la pared de la casa, hasta que la cogió del brazo y salieron con rapidez del campo de visión de las cámaras, y siguieron corriendo entre los neumáticos.

Se escuchó una voz proveniente de la puerta delantera:

—¿Quién hay por ahí?

Ada se giró entonces, agarró al gitano por los hombros y lo arrastró con él detrás de una columna de neumáticos. Si a ella todavía le pitaban un poco los oídos, el que había salido de la casa posiblemente no podría haber escuchado con claridad sus pasos, pero el pitido se iría diluyendo. Encaró al hombre de la escopeta y le hizo un gesto claro para que se movieran con sigilo. Este, asustado pero lleno de determinación, asintió y tomó la delantera, el cuerpo inclinado hacia delante, y la guio por aquel laberinto hacia la entrada principal de la chatarrería.

Entonces Ada se dio cuenta de que los perros se habían vuelto locos y ladraban con furia y sin descanso, como si aquel disparo los hubiese ofendido personalmente. Pero ¿dónde mierda estaban todos aquellos perros? No sonaban como dentro de una perrera.

El hombre abrió la puerta de una valla y la volvió a cerrar con llave. Corrieron entre la chatarra hasta llegar a otra puerta. Accedieron a la sección de aquella ciudadela donde los focos iluminaban la entrada principal y se podía ver una oficina enorme, un cuartucho aledaño y grandes estanterías industriales donde había piezas de coches o coches despiezados, y el olor a metal y lubricantes era intenso.

—¡Quédate aquí! —le dijo el gitano.

Señaló el cuartucho. Ada no estaba convencida de hacerle caso, pero parecía un sitio del que poder escapar con facilidad y aquella intimidad, aunque fuese momentánea, le serviría para ver el vídeo grabado con el móvil y, quizá, comunicarse con Francisco Claro.

Cuando el corazón le bajase de la garganta.

Se metió dentro. Cerró ella misma. Escuchó las botas del hombre que se dirigía hacia la oficina. Sacó el móvil y puso el visionado de lo que acababa de grabar.

Domingo Fossati y cuatro chavales aún más jóvenes, arrodillados en círculo, mientras el tipo de las delgadas gafas del sol andaba alrededor de ellos. La iluminación era de lámparas de lava o algo similar. Una mujer desnuda permanecía en el centro de aquel círculo. Otros hombres estaban al fondo de la sala, entre ellos Arman, el mercenario cuya foto le había enviado Francisco, con su bigote de herradura y su cuerpo de insecto.

Escuchó la misma conversación que había oído a través de la ventana, el juego infantil, las súplicas, Domingo asegurando que era una prueba, hasta que el hombre de la falcata acabó de contar y su arma quedó apuntando a un chaval que tenía la muñeca vendada, pegada al torso desnudo, y que lloraba. Pero incluso llorando, lanzó una mirada desafiante al hombre de la extraña espada.

Sin embargo, fue Arman quien abandonó el fondo de la sala con zancadas largas, sacó una pistola de la sobaquera, la puso a un palmo de la espalda del chaval y disparó.

Ada apretaba los dientes y respiraba a través de ellos. Salió de la aplicación de vídeo y marcó el número del jefe. En cuanto este descolgó y antes de dejarlo hablar, exclamó un susurro lleno de rabia:

—¿Pero dónde cojones me has metido?

Entonces se abrió la puerta del cuartucho. El hombre de antes y otro la sacaron y le quitaron el móvil, la arrastraron en dirección a la oficina. Ada dio dos zancadas largas para recuperar el equilibrio. Pasó su brazo izquierdo sobre el hombro del de su izquierda y luego lo llevó hacia el interior para apresarlo. El tipo gimió y se frenó. El otro se giró para ver qué pasaba y recibió un cabezazo en mitad del rostro. Luego una patada en el muslo que le hizo caer hacia delante como si le hubieran quitado una alfombra de debajo de los pies.

Golpeó con el pecho y la cara, y levantó polvo.

El de la presa intentó dar un puñetazo a Ada, pero esta había agachado la cabeza para pasar por debajo del brazo apresado y lo torció tras su espalda. Luego le pateó el culo, lo derribó, se alejó dos pasos y sacó la pistola con silenciador.

—Entra oficina o nos matan —dijo a su izquierda una voz con acento.

Miró sin mover el arma. En la puerta de ese edificio había una mujer de más de cincuenta años, bajita y vestida con un amplio chándal gris, apoyada en un rifle que no parecía tener intención de levantar para usarla como arma.

—Por favor —añadió.

Ada se permitió mirar al corazón de esa pequeña ciudad oscura. Sería extraño que, después de matar a un muchacho y, ante la duda de si habían sido espiados por alguien, los de la caseta de cemento y piedra, los del puñetero círculo sectario, o lo que cojones fuese aquello, se hubiesen quedado tranquilos sin hacer todas las comprobaciones.

Y Ada estaba muy lejos del agujero que había abierto en la valla. Podía exigirles que abrieran la puerta principal para largarse de allí; la separarían unos trescientos o cuatrocientos metros de su motocicleta y, una vez que estuviera encima de ella, unos cuantos kilómetros para llegar a la civilización antes que la atrapara alguno de los vehículos de alta gama que había visto aparcados en aquel sitio.

Claro que su Kawasaki era perfecta para el campo, y solo podía competir con ella, quizá, el todoterreno de Domingo, pero Domingo no parecía estar del lado de los posibles perseguidores.

Lo único que necesitaba para escapar era convencer a la mujer del rifle. Apuntarla para obligarla a abrir la puerta, tardase el tiempo que tardase, más el tiempo que ya había perdido en el cuartucho...

Recogió el móvil del suelo, y la escopeta del gitano, y se dirigió a la puerta de la oficina.

—No me jodáis —dijo al pasar—, que os reviento.

—Soy Krys Rumana —fue la respuesta de la mujer, que entró tras ella.

La oficina era ordenada y moderna, en contra de lo que podría esperarse en aquel sitio, con un mostrador, pantallas de ordenador, archivadores, todo ello detrás de un cristal de seguridad, como en los establecimientos de compra-venta de oro. Frente a la puerta de entrada había otra con un cartel de reservado, y a la derecha, en una sección alargada de unos cinco metros, las tres paredes estaban cubiertas con mostradores de manguitos, alternadores, bielas, bujías, mecanismos de ventanas automáticas, tapones de gasolina con la llave puesta y muchas más piezas de vehículos y de electrodomésticos, con un cartel debajo que indicaba el modelo al que pertenecían las mismas.

Por la estancia había distribuidas cuatro sillas de plástico gastado y armazón metálico, posiblemente para que la gente pudiera esperar a ser atendida.

—Sigue —dijo Krys mientras señalaba la puerta del reservado.

Ada entró a través de ella a un taller con varias mesas de trabajo en el que se veía la puerta de un servicio y una puerta de salida con una luz de emergencia arriba. La mujer del chándal se acercó a una mesa que tenía un torno para fijar piezas y poder trabajarlas. Manipuló un lateral e hizo que se abriese una falsa cajonera que ocupaba todo el largo de la mesa. Allí abajo había un hueco para que dos personas pudiesen echar un polvo en cualquier postura que se les ocurriese, siempre que no fuese de pie.

—No me cierres con llave —gruñó Ada.

Se metió dentro y se tumbó boca arriba. La mujer la miró, resopló con preocupación, cerró la falsa cajonera y salió del taller.

Ada dejó encendida la luz del móvil y comprobó la carga de la escopeta, una Mossberg 500 de campo, con culata y corredera de madera; iba rellena con sus seis cartuchos más el de la recámara. Entonces se dio cuenta de que había llamado a Francisco Claro y que este solo había escuchado: «¿Pero dónde cojones me has metido?», posiblemente seguido de un sonido de pelea. Dentro de aquella caja metálica no había cobertura, pero, al parecer, antes que entrase el jefe le había intentado devolver la llamada un par de veces. En esa tesitura, ¿le daría por mandar a la caballería a aquel sitio para ver en directo qué cojones pasaba? Si en lugar de llamarlo le hubiese enviado el vídeo...

Le pareció escuchar que fuera, en la oficina, había gente discutiendo a voces. No pasó mucho tiempo hasta que la puerta del taller se abrió. La mujer con acento, quizá acento rumano, como su apellido o mote, decía:

—Habrá sido perro escapado. ¡Los chicos salen a cogerlo!

—Que sí, que sí —dijo un hombre; según parecía por la voz, el mismo que a la puerta de aquel edificio había preguntado si había alguien por ahí—, si yo te creo, pero miro aquí y me quedo más tranquilo, ¿vale?

Ada bloqueó el móvil para que no saliese ninguna luz de las previsibles rendijas de la mesa de trabajo. El hombre trasteaba. La mujer lo seguía.

—Vale, no hay nadie. ¿Y las cámaras?

—Yo no grabo su coches. Yo no grabo. Yo mira por si peligro, pero no grabo. Si yo grabo ustedes me matan, ¿sí?

—Vamos a mirar eso.

Salieron del taller. Iba a llevar un rato que la dueña convenciera al tipo de que las cámaras no estaban grabando a la gente que había llegado a la reunión y que, por tanto, tampoco habían grabado nada de lo sucedido fuera. De hecho, si mentía, era posible que el hombre lo acabase averiguando y la situación se volviese aún más difícil.

Ada abrió la puerta disimulada del habitáculo con exquisito cuidado, el pulso de una roca. Se deslizó fuera y colocó la falsa cajonera en su sitio. No tenía ni idea de cómo habrían justificado la nariz rota de uno de los guardias; posiblemente ese también andaría escondido, pero demasiadas cosas podían salir mal allí.

Se acercó a la puerta del taller para escuchar.

El hombre seguía voceando órdenes y la mujer respondía con suavidad. La charla se alternaba con momentos de silencio. Al rato, se abrió la puerta de fuera, aunque aquello podía significar tanto que el hombre se había ido como que había entrado más gente.

Ada decidió que era inútil pegar la oreja, se alejó dos pasos de la puerta y alzó la escopeta para apuntar. El móvil vibraba en su bolsillo. La mano le sudaba sobre la corredera. La puta chamarreta le daba un calor insoportable.

La puerta se abrió y asomó la cabeza la misma Krys Rumana. No llevaba el rifle.

—Ya —dijo con alivio.

—¿Se ha ido?

—Ya.

—Pues ahora vamos a hablar tú y yo.

Avanzó hacia ella y señaló una de las sillas con la escopeta. La mujer se sentó, Ada se sentó frente a ella, se miraron unos segundos; el móvil volvió a vibrar.

¿Estaba segura Ada Negre de que el primer receptor de aquel vídeo debía ser Francisco Claro? Existía la posibilidad de informar a Duncan, pero las investigaciones de los espías del estado no solían detenerse porque hubiese sucedido un crimen; más al contrario, se enriquecían en detalles. Por otra parte, Francisco debía estar enfermo de inquietud tras lo que había visto, y un narcotraficante nervioso se convertía en una variable impredecible.

—¿Dónde están tus chicos? —preguntó.

—Uno se cura. Otro calma perros. Otro vigila fuera. ¿Tú sola?

Ada ignoró deliberadamente la pregunta de la mujer.

—Así que hay tres. Vale. ¿Tú sabías lo que estaba haciendo esta gente? ¿Tú sabes quiénes son?

—Ellos pagan por sitio. Hacen lo que sea. Se van. Siempre así.

—Vale. ¿Tienes cámaras dentro de la casa?

La mujer no respondió. El móvil volvió a sonar.

—Pero... ¿qué coño?

Ada atendió la llamada de Francisco Claro.

—¿Qué pasa? ¿Estás bien?

—Estoy bien. Cálmate. En un rato te llamo.

—Pero...

Colgó. Se levantó y señaló la parte protegida por cristal blindado, donde debía encontrarse el control de vigilancia.

—Me habéis visto con cámaras ocultas, estoy segura. ¿No tienes cámaras del interior de la casa?

—¿Para qué? Gente sabe yo no miro y gente paga por eso. Si yo grabo, uso imagen, gente sabe que yo grabo y ya no hay negocio, quizá yo muerta.

—Es terreno neutral, ¿verdad? Aquí se puede hacer cualquier cosa, bien protegido, con tu techo sobre la cabeza, tus lámparas de lava, tu aparcamiento gratis. ¿Alguna vez han metido niñas pequeñas aquí?

—Yo no mira coches.

—Tú no miras coches.

Ada se apoyó en la pared, necesitada más que nunca de autocontrol. Había conocido gente peor en el frente y había tenido que dejarlos en paz para no contravenir ninguna orden. Mientras hablaban, sin embargo, podían estar matando a otros chavales o podían estar preparándose para poner tierra de por medio.

«¿No querías infiltrarte en esta mierda y hacerte rica?».

Se apoyó el móvil en la frente, los ojos cerrados. Suspiró. Luego resolvió enviar el vídeo a quien le pagaba y se sentó frente a la mujer, a la espera de acontecimientos. La llamada de Francisco Claro no se hizo esperar:

—¿Pero dónde cojones te has metido?

Una nueva vida

Cuando entraron en la sala grande de la casa en la chatarrería, el Moro murmuró cerca de Domingo que algo iba mal, pero el Moro siempre pensaba eso. Había seis hombres muy serios, bien vestidos, además de Arman, y una mujer con una bata de seda roja. En las paredes podían verse estanterías con lámparas de lava que proyectaban luz anaranjada.

—Hola —dijo Domi.

Parecía que algo tan neutro como ese saludo debía ser apropiado en cualquier situación, pero nada más pronunció la palabra se dio cuenta de que no venía a cuento. La gente allí presente no estaba para banalidades.

El de las gafas de sol se puso en el centro de la sala. Llevaba un anillo con piedra roja, como Arman. Todos allí llevaban ese anillo.

—¿Sabéis a lo que venís?

Domingo apretó los dientes y se adelantó, como representante de su grupo.

—A formar parte de vuestra sociedad. Como decía Arman… para trascender la carne a través de la carne.

—¿Y sabes lo que significa eso?

Domi usó las mismas palabras que había usado Santana, el más leído del grupo, cuando comenzaron a hablar del asunto:

—Aceptar cualquier instinto nuestro y de nuestros hermanos.

El hombre de las gafas de sol miró a Arman y asintió. Este carraspeó, se dirigió a la mujer y le susurró algo al oído. Domi se fijó en que uno de los hombres, sin recato, se apretaba el paquete con un ritmo lento; de seguir así, en breve era posible que sufriera un orgasmo dentro de los pantalones.

Para apartar de sí aquella visión, y porque era lo que tocaba, puso una mochila deportiva en el suelo, donde estaba el dinero que la sociedad requería para cualquier intento de ingreso, incluso aunque los postulantes luego no fuesen aceptados. Tampoco se trataba de una cantidad excesiva, cinco mil euros por cabeza, quizá menos de lo que costaba reservar la intimidad de ese sitio durante una noche completa.

Uno de los hombres cogió la mochila y la llevó a una esquina sin contar el dinero. Cojeaba, una pierna rígida, como si llevase una férula en la rodilla o tuviese una prótesis. La cojera era aún más llamativa porque el tipo sobrepasa el metro noventa.

La disciplina, el silencio, las miradas cortantes, todo aquello estaba provocando que Domingo se pusiera nervioso y violento. El sitio olía a colonias y perfumes, pero desde la ventana abierta del fondo llegaban las realistas esencias de la chatarrería.

Apariencias en mitad de la mierda, pensó Domingo. Y luego: «Tranquilo, todo es una prueba. Ya te lo dijo Arman».

—Hay quien piensa que una sociedad como la nuestra se crea para conseguir sexo y dinero —siguió el hombre de las gafas de sol—. En nuestro caso es así; sexo, dinero y sangre. Sin restricciones, sin remordimientos. Cuando alguien obtiene cualquiera de estas tres cosas en exceso, sin una guía, puede volverse loco, un animal. Nosotros nos guiamos y protegemos, y disfrutamos mutuamente de nuestros progresos. Todo eso de... —metió una mano en el bolsillo y con la otra hizo un molinete de menosprecio—... trascender la carne, es algo que decimos, pero no significa nada. De lo que esto trata realmente es de atiborrarnos de vida y no pagar el precio que pagan los mortales. Tu padre fue a la cárcel, ¿verdad, chico?

—Sí.

—Mal negocio. Nosotros no vamos a la cárcel, nunca.

El que se estaba magreando el paquete se dio un último apretón con fuerza, y luego metió ambas manos en los bolsillos; si había llegado a correrse, no se le notó lo más mínimo.

—Espero que no seáis tímidos.

El Careta se rio y miró a los otros, que también sonrieron; eran cualquier cosa, pero no tímidos. El hombre de las gafas de sol les pidió con la mano que ocupasen el centro de la sala. Mientras se acercaban, la mujer dejó caer la bata de seda, que quedó a sus pies como un charco rojo. Debajo solo llevaba bragas negras de encaje y zapatos negros de tacón.

—Poneos de rodillas alrededor de ella. Quitaos la parte de arriba de la ropa. Dadle vuestras armas al hermano Arman, si lleváis.

Los chicos fueron obedeciendo, pero solo Domi y el Moro llevaban armas de fuego. Este último había perdido cualquier reticencia llegados a ese punto, y no solo por la visión de la mujer y lo que parecía que se esperaba de ellos, sino por la voz hipnótica del hombre de las gafas de sol. Escucharlo era como escuchar al padre que uno habría deseado tener cuando su propio padre había sido un desastre con aliento a alcohol y maneras de hiena.

Se arrodillaron. El maestro de ceremonias volvió a hablar.

—Para entrar en nuestra sociedad hace falta confianza y fe. Ninguno de nosotros es más importante que la sociedad y, como os he dicho, nosotros no vamos a la cárcel. No tenemos secretos. Lo damos todo y lo recibimos todo. Si uno de vosotros se rebela o intenta huir esta noche, os mataremos a todos.

De debajo de la chaqueta sacó un cuchillo muy largo, casi una espada, curvo y con el filo por la parte cóncava. El Careta plantó un pie en el suelo como si estuviera dispuesto a levantarse, pero Domi le chistó para que se estuviera quieto.

—Es una prueba —le ladró.

El hombre de las gafas de sol comenzó a andar alrededor de ellos, mientras el resto de hombres, y la mujer desnuda, se retiraban al fondo de la sala.

Domi se fijó en que al frente había una ventana abierta. Más allá, a través de la luz que salía de la ventana, podía ver algunos matojos secos. Se concentró en ellos para no pensar en nada, porque si se lo pensaba dos veces, podía llevar a cabo algún movimiento inconveniente.

—Sé que habéis pensado que vuestro rito de iniciación iba a consistir en follaros a esta señorita hasta reventarla —siguió el maestro de ceremonias—, pero suceden dos cosas: la primera es que, como toda mujer, solo posee tres orificios practicables, y vosotros sois cuatro. La segunda es que tenéis que hacer un gran servicio a nuestra sociedad antes de entrar en ella.

El Moro había salido de su trance; miraba al resto con verdadero pánico, pero Santana le pidió calma con la mano. Domi, aun sin mirarlo, la vista centrada en el exterior, volvió a chistar.

—Vamos a resolver los dos problemas de una tacada —dijo el hombre de las gafas de sol, sin dejar de dar vueltas alrededor de ellos—. Recordad que no podéis huir u os mataremos a todos.

—Nadie se mueve —respondió Santana.

El Moro tragó saliva, asintió y clavó la vista en el suelo. El Careta estaba llorando en silencio.

—Eso es fácil de asegurar y difícil de cumplir —prosiguió el hombre—. Veamos de qué madera estáis hechos. Vamos a matar a uno para que el resto sepáis os la vida en complacernos. Además, así seríais tres; tres pollas, tres orificios. ¿Qué os parece?

—Nadie se mueve —repitió Domi sin cruzar mirada con nadie.

Respiraba con rapidez y el pecho subía y bajaba con su respiración como si estuviera levantando pesas. ¿Y si se había equivocado mucho? ¿Y si había llevado a sus amigos a la muerte? ¿Y si ellos eran los corderos?

—Fácil de asegurar, difícil de cumplir —dijo Arman, desde el fondo.

Alguien se rio, pero Domingo no pudo ver de quién se trataba, porque tenía a toda esa gente a su espalda. El hombre de las gafas de sol comenzó a señalarlos con el filo de la extraña espada mientras canturreaba:

—Pito, pito, gorgorito, ¿dónde vas tú tan bonito?

—Ya está bueno, joder… —lloriqueó el Careta.

Estaba al lado de Domingo, así que este le agarró el antebrazo para impedir que se le ocurriera levantarse. Si no fuera porque era imposible, habría asegurado que había una sombra, un pájaro posado, o algo, en el alfeizar de la ventana.

—A la era verdadera…

El llanto del Careta era inconsolable y el Moro se mordía el pulpejo de la mano para aguantar la tensión. Santana, sin embargo, parecía conforme con los hechos.

—¡Tranquilo, joder, que es una prueba! —gritó Domi.

—¡Que me quiero ir de aquí! —protestó el Careta tal como habría dicho un niño.

—Pin, pan, pun, fuera.

El arma acabó su recorrido apuntando al Careta. Este levantó la mano que llevaba vendada y la otra, como para protegerse, y miró al hombre con genuino odio callejero. Domi se dio cuenta en ese preciso instante de que el hombre de las gafas de sol no les había mentido; uno iba a morir. Se tensó para levantarse y proteger a su amigo, pero unos rápidos pasos llegaron por la espalda y solo le dio tiempo a girarse para ver cómo Arman disparaba a quemarropa contra el Careta.

La detonación fue tan cercana e imprevista que saltó hacia atrás y se tapó los oídos. El Moro se levantó de un salto, era ágil, y corrió en dirección a la ventana, pero Santana lo placó y aplastó contra la pared para que no intentase escapar.

Le gritó algo, aunque Domingo fue incapaz de escucharlo. El Careta convulsionó en el suelo, de su boca salió un vómito de sangre. Se llamaba Emilio. El Careta se llamaba Emilio Santaella. Era un hijo de puta insoportable, pero tenía gracia, y se estaba muriendo en el suelo de aquella casa de mierda.

—¿Cómo dices? —preguntó el de las gafas de sol a uno de los suyos.

—Que creo que he escuchado algo ahí fuera.

—Pues ve a mirar. Será un bicho.

Santana consiguió arrodillar al Moro. Luis, se llamaba Luis, y consiguió arrodillar a Ignacio para que no mataran a ninguno más.

—No me vengáis con esas caras —dijo la mujer mientras volvía a ceñirse la bata de seda roja, poniendo con ello fin a su papel de cebo en aquella representación cuyo único objetivo, al parecer, había sido que los invitados entregaran sus armas y se arrodillaran sin oponer resistencia—. Si fuerais unos santos no estaríais aquí. Vuestro amigo no era de los nuestros, así que su vida no valía nada, y la vuestra todavía no vale nada.

No había ningún argumento que Domingo se viese capaz de esgrimir contra ese razonamiento, y, de hecho, su mente estaba tan paralizada como su cuerpo, aunque lo hubiese habido. Solo tenía capacidad para sentir una y otra vez la detonación en su cabeza, y para percibir por sus narices el olor a pólvora y sangre.

Quien habló fue Luis, al que sus amigos llamaban Santana.

—¿Qué queréis de nosotros?

—Esa es la actitud —dijo la mujer, que hizo una sutil reverencia al hombre de las gafas de sol, para que retomase el protagonismo.

—¿Cómo dijo Arman cuando contactó contigo, chaval? Soy un viejo amigo de tu antiguo jefe, ¿verdad? Y te contó las cosas que hacía tu antiguo jefe.

—Ernesto Claro nunca fue mi jefe —murmuró Domingo.

—¿Qué?

—Nada.

Recobró algo de presencia de ánimo y puso dos dedos sobre la garganta de Emilio. Ya no tenía pulso. Aquello supuso una especie de alivio, porque si hubiese seguido vivo, los remordimientos por no hacer nada para salvarlo habrían sido mayores.

Al fin y al cabo, su relación con los remordimientos era lo que le había llevado hasta allí.

—Bien, tu antiguo jefe perteneció a nuestra sociedad, pero los últimos años estuvo distante. Luego, bueno, murió, y dejó cosas pendientes que nos preocupan. Verás, nosotros nunca vamos a la cárcel, y ahora mismo está sucediendo algo que hay que impedir.

Domi miró al hombre como si no distinguiera siquiera el idioma en que le hablaba.

—Sugiero que nos preparemos para trasladar la charla a otro sitio —dijo el hombre con la pierna rígida—. Todavía no sabemos si hemos sido espiados.

—No pasa nada —dijo el hombre de las gafas de sol—. Tenemos plena confianza en la señorita Krys Rumana.

—Voy a cambiarme —comentó la mujer—. Por si acaso.

Domingo cerró los ojos de Emilio, de su socio el Careta, y se levantó. Miró a Ignacio, que seguía sentado en el suelo, apoyado en la pared; Luis, el sesudo Santana, estaba entre él y la ventana, cruzado de brazos, mirándolos a todos como un luchador que espera ser atacado por varios flancos al mismo tiempo.

—Una vez que hagamos lo que queréis, entraremos en la sociedad —dijo Domi. Señaló a su amigo muerto—. Y seremos intocables.

—Intocables —confirmó Arman.

Domingo le sonrió con fiereza y lo señaló de modo ambiguo; podía significar tanto un agradecimiento por la confirmación como una amenaza. La energía que el disparo le había robado segundos atrás, comenzaba a arremolinarse a su alrededor.

—No te emociones mucho, chico —dijo el hombre—. Solo queremos que hagas una llamada de teléfono.

—¿Una llamada?

—Verás, en nuestro plan A el proceso iba a ser más progresivo, más acorde a estándares civilizados, quizá sin sacrificios, pero... antes hemos hablado de números, ¿verdad? —Alzó una mano, los cinco dedos extendidos, y se tapó el pulgar con la otra—. Ibais a ser cinco, cinco chicos sanos y fuertes que conocían de nuestra existencia, pero uno no ha venido, y no sabemos si está hablando con alguien. No pasa nada, porque tenemos un plan B, pero el plan B exige que todo se resuelva esta noche.

Los chicos se miraron. El Moro cabeceó, se tapó las manos con la cara y, finalmente, dijo:

—Joder, Menta, me cago en tu puta madre.

Cámaras

Ada colgó tras su conversación con Francisco Claro, en la que él había hablado más que ella, y había demostrado una notable frialdad y rapidez de decisión; no podía decir lo mismo de muchos mandos que había tenido en el ejército. Sin embargo, la precisión y asertividad del jefe no solucionaban muchas de las dudas que Ada tenía, ni ahuyentaban lo peligroso de su situación.

«Ahora, menos que nunca, puedo contar con mi organización, porque no sé si alguno de los míos ha ayudado a esos hijos de puta a montar esta trampa», le había dicho. «No sé qué pensaba Domingo que iba a hacer allí dentro ni para qué lo quiere esa gente. Tienes que averiguarlo ya».

Decidió guardar el teléfono y esperar unos segundos, en silencio, ante el atento escrutinio de Krys Rumana.

—¿Por qué no usáis esos perros como guardianes? —preguntó.

—Oh, son los perros que nadie quiere.

La mujer solventó la conversación con un gesto que pretendía restarle importancia. Ada frunció los labios y asintió, como si la explicación le sirviese, pero, mientras daba vueltas a si todo lo que le había encomendado Francisco era algo que le conviniese, volvió al tema, más como distracción que otra cosa:

—¿Es una protectora o algo? No me lo imagino.

—Más o menos.

—Perretes abandonados en verano... Difícil de creer.

La mujer sonrió, quizá por primera vez, con un gesto que parecía satisfecho en su propio silencio; quería hablar y no hablar al mismo tiempo, pero parecía deleitarse en saber lo que sabía. Su fachada de empresaria asustadiza y bonachona resbalaba hacia abajo como una lámina de brea atraída perezosamente por la gravedad.

«En esa chatarrería mi padre encargó a un tipo conocido como Cabezahueca que hiciera un trabajo. Quería la grabación del trabajo para asegurarse de que estaba hecho y para tener al sicario cogido por los huevos, por si acaso», le había informado Francisco.

—Hablemos de cámaras —resolvió Ada.

Se levantó de su silla de plástico y apuntó al departamento protegido por cristal antibalas.

—No hay cámaras dentro.

—Hay cámaras dentro de la casa.

—Te he salvado vida.

—Te has salvado tú misma. Quiero saber lo que se está cociendo allí.

La puerta de la oficina se abrió. Entraron los dos hombres que habían sacado a Ada del cuartucho. Uno de ellos, el mismo que la había apuntado con la escopeta que Ada tenía en ese momento en la mano, era quien había recibido un cabezazo. Se había lavado la cara y puesto gasas en una fosa nasal, y apósitos en forma de cruz, pero la nariz ya comenzaba a hincharse.

—Me vais a venir bien —dijo—. Esta mujer no quiere enseñarme las imágenes del interior de la casa, y la voy a liar parda como no lo haga. ¿La podéis convencer?

—Señora —dijo el otro hombre, un poco mayor, un poco más fuerte—, nos pagan mucho por la discreción.

—Os mato y luego me llevo el dinero que os hayan pagado. ¿Te parece un buen trato?

Los dos hombres miraron a Krys Rumana. Poseían esa mezcla de rudeza y espíritu razonable que hizo que Ada sintiera esperanzas de que aquello podía salir bien, al menos los siguientes cinco minutos de situación endemoniada.

«Sé que puedes largarte ahora mismo, sé que esto no es lo que habíamos hablado, pero te pienso pagar muy bien. Ahora, si me dejas tirado, me lo tomaré como una traición», le había advertido el jefe.

—Tengo prisa.

Se pasó la escopeta a la mano izquierda y con la otra sacó la pistola con silenciador.

—Estamos todos metidos en mierda —añadió—. Todos. Y nos está usando gente que se mea en nosotros, para variar. Se hace lo que hay que hacer por dinero, ¿verdad? Pero esta gente que os ha pagado no os dijo a quién iban a joder.

—¿A quién? —preguntó la mujer.

—¿Me estás haciendo creer que no sabes quién es el dueño de ese todoterreno que parece una casa del futuro?

—Es Domingo Fossati —dijo el gitano de la nariz rota—. El *chaboró* de Dominico Fossati, del clan de los Claros.

—Y los otros son sombras, sombras en todas partes —respondió Krys Rumana. Se acercó a Ada con ambas manos levantadas hacia su rostro en un gesto piadoso y maternal—. Vete, mi niña. Deja que pase.

Ada no podía permitirse retroceder, pero tampoco que la mujer se acercara un paso más, por muy servil que fuese su actitud. La apuntó con la pistola para exigirle que guardara la distancia de seguridad.

—Hagamos una cosa —dijo—. Enseñadme lo que sucede dentro y, según lo que vea, ya decidiré si me largo y os dejo con vuestros negocios. A salvo. Sin perder un euro.

A la mujer no debía parecerle mala oferta, porque retrocedió un paso y bajó la mirada, pensativa. El hombre más fuerte habló en un idioma que Ada no pudo reconocer, posiblemente caló o alguna otra variante del romaní. Solo distinguió palabras sueltas, pero que no le decían nada por sí mismas; sin embargo, el tono era conciliador.

Cuando alguien te tira al suelo con facilidad y no lo ves ni moverse, como a ese gitano le había pasado con Ada unos minutos antes, si eres necio, quieres la revancha, y si eres sabio, aprendes la lección; ese hombre parecía haber aprendido la lección.

—Tengo prisa —insistió ella.

Y lo cierto era que una parte de su pensamiento se encontraba en aquella casa, donde podía estar pasando cualquier cosa, quizá cosas que trazaban líneas de no retorno. ¿Podría justificar ante el CNI no haber informado de los hechos nada más sucedieron? ¿Qué exigiría de ella Francisco Claro si el siguiente muerto era Domingo Fossati?

—*Lachó* —dijo la mujer, y asintió.

Con una llave magnética abrió la pequeña puerta que daba a la cabina protegida. Ada se acercó con rapidez para evitar que se encerrara dentro. Lo hizo pastoreando a los dos hombres a punta de pistola. Entró con Krys. Esta abrió un cajón bajo llave y sacó de él un mando no muy distinto al de un televisor. Apuntó a una consola oscura y algo sucia que había bajo los monitores, metió una contraseña a través del teclado y cambió lo que se veía en ellos hasta que obtuvo una imagen nítida del salón de las lámparas de lava.

El monitor estaba dividido en cuatro imágenes; las otras tres mostraban puertas interiores de aquel laberinto, pero a Ada no le sonaba ninguna de ellas. Señaló el recuadro del salón y ordenó:

—Sonido.

—No hay sonido, lo siento.

Ada miró primero a la mujer, un par de intensos segundos. Luego al monitor y la consola, estudiando en las teclas de ambos si aquello era cierto. Cogió el mando secreto, pero tampoco aparecía ningún botón de volumen. Se dio por vencida y mandó un audio a Francisco en el que le decía que ya estaba viendo las cámaras de seguridad, pero no había sonido.

En la imagen del salón de las lámparas de lava, la situación era más o menos la misma que Ada había registrado con su móvil: los tipos enchaquetados, los chicos con el torso desnudo, uno de ellos muerto en el suelo; el único cambio significativo era que la mujer desnuda se había puesto un traje de corte ejecutivo, sin abandonar sus tacones.

—Es una secta, ¿verdad?

Miró a la mujer. Era dura bajo esa apariencia desvalida, pero sus ojos no poseían el polvo ardiente que habitaba en los ojos de Ada, la suciedad viva que solo se adquiere en primera línea, lo que se había traído de más allá del dolor, de la guerra y la decepción y el abandono. Aun así, le aguantó la mirada y dijo:

—Todo es una secta.

—Explícate.

Controlaba a la mujer y, con la periferia de la vista, el monitor y a los dos hombres de la oficina. El único motivo por el que no los

tenía a todos encerrados en el taller era que preveía una segunda
o tercera aparición de alguno de los del grupo de la casa, y para
seguir manteniendo su presencia en secreto necesitaba a esa gente;
eran sus arbustos, sus coches con olor a goma y lubricante, sus
sombras.

Alzó la barbilla para instarla a que respondiera.

—Alguien manda —dijo Krys Rumana—. Si estás fuera, eres
enemigo. Si estás dentro, consigues cosas.

—Y tú lo permites.

La mujer entrecerró los ojos y mostró esa sonrisa sutil que era
como si esperase a que Ada se diese cuenta por sí sola de lo estúpida que estaba siendo.

—Yo solo guarda puerta.

—Por favor —dijo el hombre de la nariz rota—, si la ven aquí,
se va a liar.

Ada ignoró su comentario, aunque tuviera toda la razón del
mundo, así como la mirada de Krys, ya que no le interesaba aquel
duelo, y volcó la vista en el monitor con cierta parsimonia. El hombre que llevaba gafas de sol hablaba, gesticulaba y hablaba. Arman,
el mercenario kazajo, maniataba a los tres chavales supervivientes.

—Solo guardáis la puerta y os aseguráis de que nadie entre, y con
lo que pagan, tienen permiso para hacer cualquier cosa —dijo—.
Pero ¿y si algo de lo que se hace aquí os involucra en una guerra
entre bandas?

—No —dijo el hombre mayor—. Para eso no tienen permiso.
¡Imagínate!

—Pues está pasando en este momento —replicó Ada.

Su móvil vibró. Era un mensaje de Francisco Claro: «Actualiza
información». Vio que también tenía un mensaje de Mateo Duncan:
«¿Dónde estás?».

—¿Por qué me preguntas dónde estoy? —murmuró.

Decidió ignorar un rato más al agente del CNI y mandó un
mensaje de texto a Francisco Claro: «Los tienen maniatados. Un
chico parece muerto. Los otros están bien».

A los pocos segundos, Francisco respondió a través de la misma línea segura: «Me acaban de llamar por teléfono. Esto es una

negociación. Tú eres mi as en la manga. Te pagaré 250K para que hagas cualquier cosa que necesite esta noche».

Ada leyó tres veces el mensaje, la cifra que implicaba, y después tuvo que sentarse en una banqueta de la oficina. Resopló. Un cuarto de millón de euros, lo que venía a significar más de cincuenta meses de su sueldo mientras estaba destacada en misiones en el extranjero.

Aquello solo podía significar, si el mundo conservaba algún sentido, que Francisco Claro dependía de ella por completo. Con toda probabilidad, *cualquier cosa que necesitase aquella noche* era equivalente a matar o defender a alguien con la propia vida.

Desde esa altura pudo ver que el rifle que antes había llevado la gerente de la chatarrería permanecía agarrado con varias espigas curvas de metal bajo la mesa que servía de sostén a la consola y el monitor. Cuando estaba pensando si reaccionar al respecto, entró un nuevo mensaje del agente Duncan: «¿Qué haces en medio del campo, hostia?».

Enarcó las cejas. Al parecer, el tipo la tenía localizada, pero ¿cómo?

Las matrículas falsas. Mateo Duncan había aprovechado para ponerle un rastreador disimulado en las matrículas que ella misma le había pedido. Aunque, pensándolo en perspectiva y teniendo en cuenta que se había colado en su bungaló, el tipo le podía haber colocado un rastreador, por ejemplo, en la moto, en cualquier momento. Se preguntó si el CNI necesitaba órdenes judiciales para ese tipo de cosas.

—Si la gente supiera para qué paga impuestos… —murmuró.

Ni siquiera estaba enfadada, excepto consigo misma, por haber pensado que podría ser un agente libre con patente de corso; tenía la misma correa al cuello que había tenido dentro del ejército, solo que esta correa era más larga, e invisible.

Muchas variables para masticar en un minuto que la obligaban a no equivocarse en su siguiente decisión, pero, cuanto más tiempo pasaba sin dar parte de lo sucedido, más se alejaba de seguir operando bajo la protección de la agencia de espías.

—¿Tú quién eres? —preguntó la mujer.

Luego se sentó en la otra banqueta de aquel reservado. Los hombres la imitaron; Ada anotó mentalmente que había un tercer empleado de Krys Rumana por allí fuera, uno que, en teoría, había ido a calmar a los perros.

Más variables.

Y una pregunta jodida.

—Soy mercenaria.

Era la primera vez que decía aquellas palabras en voz alta, la primera vez que, fuera de toda excusa, ánimo vengativo contra el sistema, justificado o no, autocompasión o impulso por vivir bien lo que le quedase de la vida, admitía aquello en lo que se había convertido.

La Ada Negre de cuarenta y dos años era la antítesis de la Ada Negre que había jurado bandera, que había curtido sus músculos a base de pechazos, guardias, saltos, abdominales, que había curtido su espíritu a base de pruebas, exámenes, problemas irresolubles que debían resolverse en situaciones extremas.

—Como todos —respondió Krys Rumana, quizá para empatizar con ella, quizá para reforzar sus propios actos.

—Nuestro lema era «Solo merece vivir quien por un noble ideal está dispuesto a morir» —continuó Ada—. Ahora me parece una frase bastante nazi, no sé. Imagino que todos los ejércitos tienen que ser nazis, si se quiere que funcionen, pero, al final, ya no es una herramienta para proteger a los demás; se protegen ellos. El abogado me dijo: «Ada, Defensa no va a soltar un duro. No van a admitir jamás que enfermasteis en el frente. A mí ya me han presionado para que lo deje, pero quiero que sepas que voy a llevar vuestro caso hasta el final. Lo siento mucho». Uranio y mentiras. Cogen a los soldados que han besado la bandera, y coño, los obligan a cagarse en ella. Por ahí están, sueltos, algunos trabajando de seguridad privada, o peor. Otros ya han desarrollado leucemia y se están muriendo. Yo tenía cita mañana. Cualquier día de estos me dicen: «Ada, cariño, te quedan seis meses».

—Qué hijos de puta —dijo el gitano con pinta de boxeador, el más mayor y fuerte—. Mala puñalá les dieran.

La mujer asintió, como si aquellos contertulios no fueran gente que diera cobijo a una banda de asesinos vestidos con traje de chaqueta, como si todos allí fueran normales.

—¿Por qué no te piras? —preguntó el otro, el de la nariz rota.

«¿Por qué no me piro?», se preguntó Ada a sí misma. Francisco Claro había sentenciado que aquello era una negociación. Todas las partes implicadas pertenecían al mismo mundo; no eran santos. Por una parte, le había advertido que si lo dejaba tirado iría a por ella y, por otra, le había prometido una cantidad muy seductora de dinero, que, al cambio, la convertiría en una verdadera potentada en un lugar como Cuba o Marruecos. Sin embargo, gastarse aquel dinero en cualquiera de esos dos lugares no solo requería que el CNI le pusiera las cosas fáciles, para lo que antes tenía que servirles a Francisco Claro en bandeja; ante que eso, implicaba salir con vida de aquella noche. De las siguientes noches.

Y no podía olvidar que tenía dos jefes.

—Necesito que salgáis —dijo—. Tengo que llamar.

La mujer meditó unos segundos. Luego asintió, porque no le quedaba otra que aceptar que aquel momento de confesión no cambiaba la realidad de las cosas, ni de los bandos. Se levantó para dejarle la oficina disponible, pero antes se arregló el chándal un poco, y dijo:

—Te querían, pero ya no te quieren, como los perros de aquí.

—¿Cómo?

—La gente trae perros que no quiere. No perros de regalo… los otros.

—No te entiendo.

El gitano mayor, con pinta de boxeador, se encontraba ya en la puerta, pero el de la nariz rota prestaba atención a la charla. Recibió la mirada de Krys Rumana, que no encontraba las palabras para explicarse bien.

—Lo que te ha dicho antes —comentó—. Los perros que nadie quiere no son los que los payos abandonan en verano para irse de vacaciones. A esos los sacan en el Facebook y al rato ya los ha adoptado alguien. A esos los quiere todo el mundo.

—¿Y cuáles son los perros que nadie quiere? —preguntó Ada.

—Los que han mordido. Perros de pelea, perros para guardar una finca o perros malcriados, o perros con *jindama*. Los que hay que sacrificar, cuando no quieres sacrificarlos, la gente los trae aquí. A esos, a los perros que han probado la sangre, no los quiere nadie.

Nada más hubieron salido, Ada agarró el rifle escondido bajo la tarima y lo descargó de munición. Se guardó los proyectiles en un bolsillo de la chupa de motera. Observó el monitor solo para comprobar que no había novedades. En el salón de lava, nada, pero en una de esas puertas que no reconocía, había un niño, posiblemente gitano como los otros, en cuclillas y comprobando la cerradura.

Un perro pasó cerca de él al otro lado de la valla, y el niño puso la mano en los alambres, como para saludarlo, pero el animal siguió su camino con rapidez. No debía tener más de trece años. Ada carecía de tiempo para horrorizarse por el hecho de que en ese sitio hubiese un menor de edad, pero la pequeña conexión que había tenido con la gente que regentaba la chatarrería se transformó en rabia.

Su prioridad era resolver la situación. Envió el vídeo grabado en el interior del salón de lava a Mateo Duncan y le escribió en el mensaje adjunto que la podía llamar porque estaba a solas.

El vídeo tenía una duración de cuarenta y dos segundos, pero Duncan tardó tres minutos en llamar. Cuando Ada descolgó, no le dio tiempo siquiera a saludar.

—Tienes que cambiar de bando —le dijo—. No sé cómo lo vas a hacer, pero ya no te quiero en el clan de los Claros. Te quiero con esa gente.

—¿Qué coño me estás diciendo?

—No has reconocido a ninguno, ¿verdad?

Ada empezó a darse cuenta de lo que sucedía.

—Yo no, pero tú sí, ¿verdad?

—Para que lo entiendas, querida, el clan de los Claros es un problema local y solo abre puertas a lo local. Lo que tienes entre manos en esa casa es… grande. Tú no sabes quién es el hijo de puta de las gafas de sol ni la loca que va en bolas, pero esa gente tiene jueces en la mano, y no están en lo más alto de la estructura de poder, ni de coña.

Ada comprendió lo que sucedía, y sus implicaciones, de modo que no podría ser más claro si se lo hubiesen escrito en una bola de demolición que acabase de entrar en la oficina rompiendo una de las paredes.

—¿Convertirme en uno de ellos? Vamos a ver…

—Por muchas fantasías que te hayas hecho —insistió el agente—, trabajas para el CNI.

—No tenías tantos cojones cuando estábamos en mi casa.

—Las circunstancias lo son todo, Ada. Tú no tendrás tantos cojones incomunicada en el agujero en el que te podemos meter si nos da la gana. No te estoy pidiendo que tengas visión de conjunto, no te estoy pidiendo que seas patriota y que ayudes a evitar un mal mayor; te estoy pidiendo que seas lista. Francisco Claro no te puede proteger de mí. No se puede proteger a sí mismo. Le han puesto una trampa. Los otros chavales están vivos todavía, ¿verdad?

Ada tardó en encontrar saliva para lubricar su garganta y responder:

—Sí.

—Quieren algo de él. Si tienes suerte, acabará formando parte de la organización, como me imagino que formaba parte su padre Ernesto. Así no tendrías que hacer demasiada magia para infiltrarte.

—¿A ti no te da miedo que yo esté grabando esto?

—Claro, estoy acojonado de que vayas ahora mismo a una comisaría a explicarles la situación. Ada, por Dios, sé realista.

—Lo preguntaba por darte charla. —Algo había llamado la atención en una de las cuadrículas del monitor, algo que hizo que se enfadara de verdad—. Ya te he escuchado. Ahora tengo que dejarte.

—¿Cómo?

En la cuadrícula en la que el niño había comprobado la cerradura, después que este desapareciera para hacer lo que fuese, entró en escena el mercenario Arman, con un arma de fuego en la mano, que parecía seguir su rastro.

—Por muchas fantasías que te hayas hecho, no tienes nada con lo que amenazarme.

Y colgó. Luego llamó de un grito a la mujer para que acudiese. Krys Rumana entró con rapidez en la oficina.

—¿Qué pasa?

—¿Tienes un niño trabajando aquí, hija de puta? Controla las cámaras porque están a punto de secuestrarlo. ¡Que se van a pensar que era él quien espiaba!

Sacó unos auriculares inalámbricos de la bandolera y los conectó al móvil, que guardó en el bolsillo. Se abrochó la chamarreta y salió al exterior. Allí cogió al gitano de la nariz rota por un brazo y le dijo:

—La puerta de los perros, ¿dónde está?

El hombre, amilanado, señaló para que Ada pudiera orientarse, y luego preguntó:

—¿Por qué, qué pasa?

Pero Ada no se desentendió de él y marchó en la dirección señalada, de nuevo hacia las sombras, la pistola con silenciador al frente.

Padres

Francisco Claro entró en el piso de Dominico y se sentó como una furia en el sofá excesivamente mullido. Dominico, que había mudado el albornoz finalmente por un chándal brilloso, del tipo que llevaría un entrenador de lucha grecorromana, sirvió dos tragos de whisky y los plantó en la mesa, como si no quisiera tocarlos aún.

—Joder —dijo—. Me cago en tu padre, que soy yo, Domingo.

—Hay que tener la cabeza fría —ordenó Francisco.

Cogió el vaso y Dominico lo imitó. Bebieron de un trago. Se miraron.

—¿Qué cojones le ha pasado a mi niño, Francis? ¿Dónde se ha metido?

—¿Te digo lo que creo?

—Espérate.

Sirvió otros dos tragos cortos y, cuando los acabaron, le pidió con la mano que siguiese.

—Tú lo dijiste bien. Domi tiene los ojos de mi padre. Tiene… eso. Y nosotros pusimos el filete en la entrada de la cueva. La puta primera vez que cogí a tu hijo y le dije: «Ve con Raimundo a visitar al Canario, que nos debe dinero, y explícale cómo funciona», esa puta primera vez, me acuerdo como si fuera hoy, lo metimos en esa casa donde está ahora. Y tú me dejaste, Dominico. Me dijiste que cuidara de él, que lo tuviera al lado. No me dijiste que por Dios lo alejara de este mundo. No me dijiste que por favor no dejara la mecánica. Tú y yo pusimos el filete en la puerta de la cueva y resulta que Domingo no es de los que comen restos; es de los que cazan.

Dicho esto, golpeó la mesa con el vaso y se echó hacia atrás, y retó a Dominico con la mirada para que le contradijese en una sola palabra. Este, intentando mostrar algo de entereza, apoyó los dedos sobre la misma mesa, como si quisiera ordenar cosas.

—Pero ¿qué es lo que sabes? ¿Qué casa? Por favor, ¿dónde se ha metido?

—A ver, dos más dos son cuatro, de toda la vida, ¿verdad?

El hombre asintió, se encogió de hombros, esperando a ver qué relación tenía esa afirmación con lo que estaban hablando, y volvió a asentir.

—Quiero que veas una cosa y me digas si no te coincide con lo que podría hacer mi padre en las fiestas de los cojones de las que hemos hablado. Y aguanta el tipo. Dominico, aguanta el tipo te pido. Esto ha pasado en la chatarrería donde mi padre le ordenó aquel encargo al Cabezahueca.

Le enseño el vídeo de cuarenta y dos segundos, sin sonido, porque imaginó que verlo con sonido iba a ser demasiado impactante.

—Esto qué carajo es. Voy por las gafas... ¡joder, no tengo gafas! —Se levantó—. ¿Qué es eso, Francisco? ¿Le han pegado un tiro a mi hijo?

—No, le han pegado un tiro a un amigo de Domi, y está muerto. Cuatro chavales arrodillados sin camiseta, cinco o seis tíos armados y enchaquetados pasándoselo de puta madre, uno de ellos con una espada antigua, una tía en pelotas rondando por ahí. Solo les faltaba un puto pentágono o una cabra con el pescuezo rajado. Domingo y los niños han querido jugar con gente mayor y muy perra. Han ido por su propio pie. Los tienen que haber engañado.

El hombre se quedó un rato boquiabierto; era su modo de pensar profundamente. Estaba angustiado, padecía remordimientos de conciencia, pero su cabeza funcionaba en el modo suspicaz que le había enseñado a sobrevivir dentro y fuera de la cárcel.

—¿Cómo lo sabes? ¿Cómo has conseguido esa grabación?

—Te dije que iba a investigar a tu hijo a través de alguien de fuera. ¿Has sabido estarte calladito?

—He estado calladito, pero si le hubiera contado a Domingo que sospechabas algo de él, a lo mejor no habría acabado allí dentro.

Francisco paseó la lengua por los labios, de modo agresivo. Se echó hacia delante, se peinó con la mano y volvió a golpear la mesa con el vaso.

—¿Sabes qué? Es verdad. Y si no hubiera estando teniendo sabe Dios qué tratos con un hijo de puta que sirvió para Ivan Sokolov, si me hubiese dicho que ese tío estaba contactando con él, que quería algo, tampoco estaría en esa casa. Pero, de los dos, el que estaba cumpliendo sus obligaciones era yo, y Domingo estaba confabulando a mis espaldas. Y yo soy el jefe. Esto no es una puta democracia.

—Es un chaval.

—¿Cómo eras tú a su edad? ¿Así?

—A lo mejor sí.

Francisco se levantó y estrelló el vaso contra el suelo. En lugar de romperse, salió rebotado, dio con la pared y quedó rodando.

—¡Lo están usando para hacerme chantaje, que me han llamado hace un rato! ¡Si no fuese tu hijo, les habría dicho que se hicieran un puto bocadillo con el niño, ¿lo entiendes?!

Dominico cerró los ojos. Se sentó en una silla, los dedos arañándose el cuero cabelludo. Francisco llegó junto a él y le puso una mano sobre el hombro. El hombre no reaccionaba, se frotaba con más fuerza la cabeza. Francisco le agarró las muñecas, las separó y se situó en cuclillas frente a él; era fuerte.

—Dominico, te necesito entero. Has demostrado una fidelidad a prueba de bombas. Vamos a hacer una cosa hasta que esto termine. Vamos a culpar al cabrón de mi padre.

—¿Por qué?

—Ahora lo vas a entender mejor. Han obligado a Domi a que me llame por teléfono. Ha dicho que he heredado una deuda, que tengo que ir a la chatarrería con todos mis títulos de propiedad, aunque solo les interesa uno de ellos, y que, cuando haya acabado la transacción, Domi quedará bajo la tutela de ellos; así lo ha dicho: bajo la tutela.

Dominico frunció el ceño, se sorbió los mocos, mostró las manos para que Francisco le soltara las muñecas, como así hizo.

—Me cago en mi puta calavera —dijo—. Qué mala pinta tiene esto.

—He conseguido meter a alguien dentro de la chatarrería, tranquilo.

—¿Es bueno?

—En teoría.

—¿Y el resto de nuestra gente? Dani, Pepón...

—Están buscando a unos chorizos que han mandado a la UVI a uno de nuestros distribuidores. ¿Crees que los tengo que llamar?

—Pero ¿vas a ir solo a la chatarrería? Ni de coña.

—Dominico, si no voy solo, lo matan. Matan a Domingo. Te quitan a tu hijo. Y ya te he dicho que tengo a alguien dentro, no te preocupes.

—¿En la chatarrería?

—En la chatarrería.

Dominico se levantó y fue a por su móvil con determinación.

—¿Estás entero, Dominico?

—Como la polla de un toro.

Buceó en la agenda del teléfono, pero no encontró lo que buscaba. Luego se fue hacia un cajón del mueble donde estaba la televisión y sacó una libreta. Pasó las páginas hasta que dio con el número que necesitaba.

—¿Qué buscas?

—Esa chatarrería... tiene unas normas. Tú pagas por un servicio. Si has pagado para cargarte a alguien, vas allí, te cargas a alguien y punto. Si pagas por una reunión en terreno neutral, tienes una reunión en terreno neutral.

—¿Y qué?

—El dueño del sitio, por lo menos hace unos años, era un rumano, un tío que daba miedo de cojones. Tenía hombres. Lo que tenemos que hacer es llamar a ese tío y decirle que vamos a pagar para tener una reunión allí, con la gente que ya hay allí, en terreno neutral. Si lo hacemos así, nadie puede disparar a nadie.

Francisco frunció los labios, pero no respondió nada. Dominico lo miró con extrañeza. Luego se desesperó ante su silencio y exigió:

—¿Qué?

—¿Quién te ha dicho que yo no quiero que nadie dispare a nadie?

El hombre se volvió a sentar, más preocupado aún. Sonó el teléfono de Francisco, que se tomó unos segundos antes de atender la llamada.

—Dime, Raimundo.

Dominico intentó establecer contacto visual con él y le dijo, moviendo mucho los labios, pero sin emitir un sonido: «¡Que te acompañen, que te acompañen!». Francisco escuchaba y se apretaba el puente de la nariz con la mano libre.

—Estupendo, —dijo—. ¿Les habéis pagado?

Escuchó un poco más, pero esa parte le interesaba menos, así que interrumpió y dijo:

—Eso hay que darlo por perdido. —Vio que Dominico ponía las manos en posición de rezo. Tenía que admitir que a ese hombre la situación le obligaba, en cierto modo, a elegir entre la seguridad total de sus dos hijos, porque, en muchos aspectos, había sido como un padre para él. Hinchó los carretes, soltó el aire poco a poco, y añadió—: Venid a casa de Dominico para tomaros un café. Esta noche no habrá descanso.

Cuando colgó, el antiguo lugarteniente de su padre emitió un suspiro de alivio. Francisco se puso en pie y se arregló la chaqueta.

—Tengo que pasar por la oficina a coger cosas. En la chatarrería me están esperando ahora, y tengo que llamar a la persona que está allí para darle instrucciones.

—¿No te quedas a esperar a los nuestros?

—Esto es muy sencillo, Dominico: que vayan al cruce de la C-440 con el camino de la chatarrería. Si alguien que no soy yo sale de allí, lo revientan. Si al amanecer no he salido de allí, que vayan y lo revienten todo. Y a todo el mundo.

El hombre se mesó de nuevo el pelo canoso.

—Esto no lo he visto nunca. ¿Esto? Esto no lo he visto yo nunca.

Francisco lo miró con seriedad y, quizá por eso, mayor dureza que hasta el momento en toda la charla.

—Eh, que yo no tengo ganas de hacerlo. Que yo no me he metido; a mí me han metido.

—Lo sé, y también sé que no estoy teniendo cojones para aconsejarte bien, para decirte que es Domingo quien se ha metido y que es él quien tiene que pagarlo, no tú.

El jefe frunció el ceño. Se dirigió a la puerta, pero antes de irse decidió volverse para encarar a Dominico, que permanecía sentado, abatido, las manos sobre los muslos.

—Me acuerdo la noche que mi padre me ordenó matar a Tormenta. Al final lo hiciste tú, y me parece que paraste el coche al lado de una chatarrería. ¿Es la misma?

Dominico se sorbió la nariz, alzó la barbilla con los restos de su dignidad, y respondió:

—Yo no maté a Tormenta.

Pañuelito

Cuando Ada era una niña, conocía un juego: pañuelito. Era uno de los pocos al que jugaban niños y niñas, e incluso se usaba en las clases de Educación Física del colegio. Se formaban dos grupos y cada miembro del grupo tenía un número. Se separaban, y entre los dos grupos se ponía una persona con un pañuelo que decía: «¡Pañuelito número uno!». O cuatro, o seis, lo que se le antojase.

La persona que tuviera asignado ese número de cada uno de los equipos salía corriendo para coger el pañuelo antes que el otro. Quien lo cogía, tenía que girar rápidamente y volver a su grupo, y el homólogo del otro equipo tenía que intentar atraparlo antes.

El niño gitano que rondaba por aquel laberinto era como el pañuelito del juego; Arman y ella, los jugadores; además, su presencia lo había cambiado todo. No había ninguna persona en aquella chatarrería que, de un modo u otro, no mereciera llevarse un tiro directo o una bala perdida, excepto aquel niño.

¿Por qué?

—Porque es un niño.

Cuando Ada, de niña, ganaba en el juego del pañuelito, en lugar de recibir alabanzas, solía conseguir que la llamaran machorra o tortillera. Algunos de los gilipollas que departían de ese modo con sus complejos se acabaron convirtiendo en buenas personas; uno, de hecho, sirvió en el ejército con Ada y murió en misión de paz en los Balcanes.

Cuando llegó a la zona por la que imaginaba que debía estar el niño, no dudó un segundo en subirse a una pesada estantería industrial asentada con clavos del tamaño de un rotulador y por el peso de decenas de motores, radiadores y frenos de disco. Desde allí oteó en la oscuridad. Vio a Arman dando vueltas entre varias columnas de neumáticos que parecían estar puestas ahí con la sola idea de desorientar, y posiblemente así fuera.

Si disparaba a esa distancia con la pistola, el silenciador amortiguaría bastante el sonido, pero disminuiría el alcance y le restaría precisión, por lo que el resultado más probable sería que Ada le acertase con mucha suerte en el brazo, o diera al suelo que había a su espalda, y el tipo viese parte del fogonazo y escuchase el sonido equivalente al descorche de una litrona.

Ada no veía al niño. Bajó de la estantería al tiempo que pensaba en sus opciones. Si el mercenario lo cogía antes, ¿lo llevaría a la casa para asegurarse de que los dueños del sitio se comportasen? ¿Lo interrogarían para averiguar qué había visto? ¿Lo llevarían a la oficina y encerrarían a todos dentro?

Se tumbó sobre la panza, dado que ya podía seguir el movimiento de los zapatos de Arman y escuchar cualquier otro paso al estilo indio, con la oreja pegada al suelo.

¿Y si el mercenario no encontraba al niño? ¿Dejaría alguna vez de buscar?

El auricular le transmitió la señal de entrada de un mensaje. Ada conocía esos dispositivos y sabía que era imposible que el sonido la hubiese delatado en el exterior, pero, aun así, encogió el gesto y se tapó la oreja por instinto.

Retrocedió sobre la panza hacia una estantería abarrotada de piezas más pequeñas y que, por tanto, la ocultaba mejor. Se tumbó bocarriba para sacar el móvil y miró el mensaje.

«Voy hacia allí para un intercambio. Ocúltate. Estate atenta y actúa si es una trampa».

Ada se apretó la lengua entre los dientes, desquiciada por la tensión del momento y la estupidez de sus jefes, ambos. Guardó el móvil y entonces lo vio de pie frente a ella. El niño parecía consciente de que lo seguían y que se había metido en un lío. Al ver a Ada tirada en el suelo, escondida, debió asumir que huía del mismo hombre, y que se podía fiar de ella. Toda la memoria muscular de Ada Negre la llevó a levantarse sin pensar en los movimientos que debía ejecutar, a coger al niño en brazos y dar una carrera para poner distancia con aquel sitio.

El niño la empujó con los puños, pero no pudo nada contra el abrazo que lo sostenía en el aire. En cuatro segundos se encontraban parapetados tras un murete de ladrillo desde el que se veía la oficina. Lo dejó en el suelo y se pegó contra la ruinosa pared.

—Ve con ellos —ordenó Ada.

Volvió a sacar la pistola. El niño retrocedió un par de pasos, sin dejar de mirarla. Ella le hizo gestos violentos para convencerlo de que se largara. Entonces escuchó pasos tranquilos, demasiado cercanos, y se pegó al murete. Alguna fuente lejana de luz le daba una sombra débil del mercenario Arman, que tenía visual directa del niño.

—Hola —dijo el kazajo.

—¿Qué pasa? —respondió el niño.

—¿Vienes a enseñarme los perros? Te haré un regalo.

El acento de Arman era fuerte, pero su gramática perfecta. Demasiado perfecta, como si hubiese aprendido el idioma en una escuela extranjera, cosa que era lo más probable. No se mostraba, aunque su suave sombra se acercó un poco.

Ada se puso en cuclillas, de modo que su oponente tardara una fracción de segundo más de la cuenta en localizarla, en caso de que siguiera avanzando.

—¿Qué regalo? ¿Dinero?

El niño estaba rígido por la tensión, pero aguantaba el tipo y su mirada no se desviaba hacia ella, cosa que habría supuesto cederle una pista letal al mercenario.

—El regalo que te voy a hacer... —Ada escuchó un sonido inconfundible para ella: un arma al ser sacada de su funda—... es no matarte aquí mismo, ahora, y no matar a todos los tuyos.

El chico tensó los músculos, acostumbrado a correr, pero sabiendo que no podía hacerlo más rápido que una bala. Entonces, sí, la mirada se le escapó un instante hacia ella. La mujer no tuvo dudas de lo que iba a suceder, ni esperanza de que Arman usase silenciador.

Si él llegaba a apretar el gatillo, el sonido de la detonación mandaría todo a la mierda.

El mercenario asomó el revólver y la mitad de la cara. Ada disparó. El tipo escondió a tiempo el rostro, pero ella se levantó de un salto y consiguió agarrarle la muñeca. Jaló sin piedad y lo obligó a soltar el arma. El mercenario giró sobre sí mismo a pesar del dolor y lanzó el otro puño contra el rostro de Ada. Pegaba duro y rápido. Quedó aturdida un instante. Recibió un rodillazo que hubiera dejado sin aire a alguien sin su entrenamiento. Luego, la inevitable presa en el brazo de la pistola y el fogonazo de dolor en las articulaciones.

Ada necesitaba estar más alta que el tipo para evitar la luxación del hombro. Corrió en vertical sobre el murete y giró en el aire hasta caer de pie frente a él. Había perdido el arma, pero no cometió el error de tirarse al suelo para cogerla. Arman superó el pasmo de ver a su oponente volar, desenfundó un cuchillo y atacó al cuello en el mismo gesto. Ella esquivó retrocediendo y aprovechó la distancia ganada para deshacerse de la chupa de cuero.

—Eres buena —dijo el mercenario.

Recuperó la guardia y sonrió mientras observaba la pose relajada de la mujer, como si aquello fuese un espectáculo deportivo. El cuchillo en su mano era de hoja serrada y curva, un degollador. Por mucho que pareciese interesado en medir habilidades con ella, por mucho que no hubiese gritado para pedir ayuda, Ada sabía que el kazajo no le iba a dar la oportunidad de agacharse a sacar una navaja de la bota.

Juntó las manos y las separó como si mostrase una guardia de artes marciales; realmente había estirado el hilo estrangulador de la muñequera. Arman se lanzó a por ella con cuchilladas que apuntaban a la cara y el cuello. Ada correteó hacia un lado para esquivar los ataques sin perder la distancia. Tocó el murete con el hombro, se agachó. El cuchillo iba a por su cráneo. Levantó ambas manos. Paró la estocada. Le apresó la muñeca con el cable, se impulsó hacia atrás como un buzo que se arroja de una lancha y le rebanó la piel.

El mercenario gritó por el dolor y porque le habían cortado varios vasos y la sangre se le escapa a chorros mano abajo. El destrozo llegaba casi a los nudillos. Ada había rodado sobre la espalda, se puso en pie y cubrió la distancia que los separaba con una carrera. Le plantó un rodillazo en el plexo solar. Arman cayó al suelo, sin aire y desangrándose, espantado. La mujer le saltó encima, le separó bruscamente la barbilla y golpeó, la mano en forma de garra, con el doblez de los dedos. Rompió cartílago y hueso de la nuez; aquel aplastamiento asfixiaría al mercenario por sí solo.

Entonces se puso en pie; miró a su alrededor; el niño se había largado.

Y ella había provocado que las cosas se precipitaran de modo impredecible.

En otra época podría haber estado peleando media hora, objetivo tras objetivo, pero aquellos tiempos habían pasado y su sangre no era la que fue antes de la guerra, así que Ada respiraba con la boca abierta y se apoyó en las rodillas para recuperar el aliento.

Arman dio una última convulsión en el suelo; se fue desmayando; sus manos, que habían estado arañando el aire, cayeron; el pecho su agitó un poco hasta que dejó de hacerlo. Ada recogió las armas del suelo, agarró al tipo por la parte trasera del cuello del jersey y lo arrastró en dirección a la oficina. Concretamente, hacia la estrecha caseta aledaña.

Cuando ya quedaba poco para llegar, el hombre mayor y fuerte salió de la oficina, alarmado, pero la ayudó a esconder el cuerpo, a colocarlo sentado en el suelo del estrecho habitáculo, con las piernas encogidas.

—Qué has hecho...

—¿Qué hace el niño aquí?

—Es su casa, señora. Es mi sobrinico, hijo de mi hermana, que en Gloria esté, y mi cuñado está en la cárcel.

—Pero cómo se os ocurre...

El hombre la miró mal; ni siquiera cuando peleaban la había mirado antes así de mal. Parecía haber muchas cosas que podría haberle explicado a Ada sobre el modo en que vivían y cómo lo cuidaban, pero la rabia solo le permitió decir entre dientes:

—El niño estudia.

Quizás una de esas cosas que le podría haber dicho era que, si ella no estuviese allí, espiando, nadie lo habría intentado coger. Que la mayoría de los días desguazaban coches, fundían cobre y cuidaban de los perros que abandonaban gente como ella, porque los gitanos jamás abandonan un perro; ni a un niño; ni a un viejo.

Eso no hizo que Ada dejara de pensar que aquello estaba mal, mal hasta el fondo, pero comprendió que no tenía derecho a seguir por ahí y decidió preguntar:

—¿Hay más gente aparte de los de la casa?

—En la casa hay diez… nueve. Más los cuatro chavales.

—¿Tú te puedes llevar al niño de aquí?

—Claro. ¿Dónde está Josué?

Ada se encontraba seleccionando el modo flash en el móvil para fotografiar al mercenario, a ver si podía conseguir que pareciera solo inconsciente. Al escuchar que le preguntaban dónde estaba el niño, bajó la mano del móvil, alarmada, y dijo:

—¿No ha entrado en la oficina?

Krys Rumana salió entonces por la puerta, con el rifle en la mano, como la primera vez, y la otra mano levantada hacia Ada Negre.

—Las balas —exigió.

Ada señaló el lugar de la pelea, donde había dejado tirada la chupa de motera, porque aquella gente quizás iba a tener que defenderse.

—En los bolsillos —dijo.

Luego le mostró al hombre dónde había dejado apoyada la escopeta justo antes de ir a por el niño, allí mismo, en la pared del cuartucho. Este la cogió y comprobó los cartuchos.

Krys volvió mientras cargaba el rifle. Le dio la oscura chupa de motera a su dueña.

—Esto no bien —dijo—. Negocio hundido. Nadie confía.

Ada hizo la foto desde el ángulo que le pareció más indicado y se la mandó a Francisco Claro, con un mensaje adjunto: «Es Arman. Está muerto, pero ellos no lo saben. Ha sido necesario». Aquello no solo eliminaba cualquier posibilidad de que la negociación acabase bien, sino también de que pudiera infiltrarse para el CNI en el grupo de sádicos de la casa con las lámparas de lava, si es que hubiese decidido acabar intentándolo.

No fue hasta entonces que se dio cuenta de que el kazajo le había hecho un corte en el antebrazo. Comenzaba a arder. Sacó un pañuelo de tela del bolsillo de la chupa y se vendó la herida con pericia, apretando lo justo para ayudar a detener el sangrado sin cortar la circulación del resto de vasos importantes.

El móvil sonó; por supuesto, se trataba de Francisco Claro. Ada se alejó de la caseta para situarse justo debajo del foco que iluminaba la entrada hacia dentro, de modo que esa luz le permitiese ver a los demás e hiciese casi imposible verla. Allí se puso los auriculares de nuevo y atendió la llamada.

—¡Qué cojones...

—Ha sido necesario —le cortó Ada—. Confía en mí.

—¿Pero qué voy a negociar yo ahora? ¡Nos van a recibir a tiros!

Ada consultó su reloj y estudió los alrededores.

—¿Te queda mucho para llegar?

—Ocho o nueve minutos. Ada, ¿qué coño has hecho? ¿Por qué era necesario? ¿Me estás jodiendo o algo así?

—Estate tranquilo. Si siguen saliendo de uno en uno, irán cayendo de uno en uno y, cuando llegues, todavía no sabrán lo que ha pasado. De todas maneras, ¿tú crees que esta gente va a renunciar a lo que quieren de ti porque yo haya matado a uno?

—Depende.

—¿Tú has renunciado a negociar porque hayan matado a uno de los tuyos?

—¡Es que tienen al resto, joder!

—Ponte en su pellejo, jefe. Nosotros también tenemos al resto.

Francisco debería estar conduciendo con el manos libres puesto, ya que se escuchaba el ronroneo del motor, pero no se notaba nada de distancia entre la voz y el aparato. Quizás usara unos auriculares como ella.

—Ya te entiendo —dijo por fin—. Tienen a los nuestros dentro de la casa, pero nosotros los tenemos a ellos dentro de la chatarrería.

—Claro. Si averiguan que me he cargado a su mercenario, igual se acojonan.

—Puede ser, pero como maten a Domingo por lo que has hecho, tú no vas a salir viva de allí, te lo juro.

Esta vez fue Francisco Claro quien colgó, dejándola con cualquier respuesta en la boca. A Ada ni se le había pasado por la cabeza explicar que había hecho aquello porque un niño corría peligro; no estaba convencida de que supusiera alguna diferencia para el líder del clan de los Claros. Ni para Mateo Duncan, en realidad.

Decidió bajarle los humos al agente del CNI y le envió la foto de Arman en el cuartucho. Añadió el mensaje: «Era él o yo. Olvídate de la infiltración».

Duncan debió ver el mensaje, pero no respondió nada, y aquel silencio era menos tranquilizador que un ataque de ira. Ada enseñó los dientes, tensa. Sin embargo, ya no podía seguir preocupándose de lo que el CNI pudiese querer de ella.

Respiró hondo el olor a polvo, a neumático, a metal oxidado. Se hacía una idea de lo que se avecinaba y lo que iba a necesitar, así que soltó el aire con un siseo profundo y tranquilizador, se dirigió a Krys Rumana y le dijo:

—¿Tienes otro rifle?

El clan

Raimundo y Dani pusieron en funcionamiento a Marcos y Pepón, Antonio y Villalba, para que fueran a todas las esquinas y tugurios de trapicheo, movilizaran todos los teléfonos y se coordinaran con los otros distribuidores y sus contactos. Los camellos eran gente perceptiva y de costumbres, habida cuenta de que, los que no habían estado en el trullo, habían aprendido mañas de alguien que sí había estado, y, en el trullo, memorizar costumbres era una cuestión de supervivencia.

Si alguien solía ir a un *skate park* y ese día no había ido, la red de trapicheros acabaría teniendo noticia de ello. Si en el barrio señalado se habían visto vehículos que no eran habituales, también; algunos podían localizar una moto con el escape trucado por el sonido, y diferenciarla de otra moto con el escape trucado. De hecho, en la misma calle de Arny había al menos ocho chavales que trabajaban directamente para el distribuidor, con sus respectivos colegas, novios y novias, lo que hacía improbable que nadie hubiese visto nada.

Aquellas eran muchas orejas levantadas, e, igual que aficionados al fútbol, toda aquella gente de la calle era hincha del clan de los Claros. Quizá no como para ir a la guerra por ellos, pero sí para defender sus intereses y sentirse parte de algo más grande, aunque fuese con ocho gramos de costo en el bolsillo y dos números de teléfono importantes en la agenda.

Su banda era su patria.

A consecuencia de ello, Dani y Raimundo esperaban en el coche, aparcados en doble fila cerca de una rotonda que los podía llevar a todos los extremos de la ciudad, sabedores de que pronto tendrían noticias. Como había ordenado el jefe, se había hablado con las provincias aledañas por si les llegaba algo; en cierto modo, parecía difícil creer que alguien de la ciudad pudiese haber intentado tamaña tontería, aunque la historia del tráfico de drogas estuviese bien nutrida de hechos igual o más rocambolescos.

Dani se había puesto una pasada elástica que mantenía sus greñas bajo control. Era algo a lo que solo recurría cuando preveía que iba a haber violencia. Con toda tranquilidad, como si estuviesen en casa de uno de ellos, sacó un pellizco de coca con una cucharilla y lo esnifó. Ofreció a Raimundo, pero este negó sin intercambiar palabra.

Ambos se hablaban bastante poco, y quizás ese era el motivo por el que trabajaban bien juntos; había poca confidencia y pocos roces, más allá de lo necesario para el trabajo. Sin embargo, ese día, ya de noche, tenían motivos sobrados para hablar; y no paraban.

—Yo no diría raro —comentó Dani. Hizo un gesto con los dedos, como si buscase la palabra—. Yo diría que está en una movida que no nos quiere contar. Y punto, vamos.

—Seguramente —coincidió el otro—. Pero este chico… Ernesto era más de ir al sitio con nosotros, de encargarse personalmente, ya sabes lo que te digo. Al cabrón le gustaba. A Francis no le gusta. Prefiere dirigir, no es de mancharse, es, tú sabes…

—De despacho.

—De despacho. Y yo casi lo prefiero.

—Ha tenido que pasar algo, entonces.

Raimundo asintió.

—Y no nos lo cuenta —siguió Dani.

A lo que Raimundo volvió a asentir. Se acarició la perilla con delicadeza, como si él fuese su propio amante.

—¿Le preguntamos a Dominico?

—Yo me haría el loco —respondió Dani.

Un coche de la policía local se detuvo junto a ellos. Dani, que iba de copiloto, lo miró, acercándose a la ventanilla para que pudieran reconocerlo. Los policías no llegaron a saludar, pero se largaron de allí. El hombre se quitó la pasada elástica y se la volvió a poner.

—Si vamos por ahí preguntando cosas que el jefe no quiere que sepamos….

—Ya.

Una chica de unos dieciséis años, con cuerpo, y casi ropa, de monitoria de fitness, adornada con una chaquetilla corta de pelo rosa, se acercaba dando rápidos pasos.

—Debería haber un término medio entre ir descalza y llevar plataformas de medio metro —comentó Raimundo.

Dani soltó una carcajada y miró hacia el lado opuesto. La chica ralentizó la pisada mientras llegaba a la ventanilla de Raimundo. En la esquina de uno de los edificios que se asomaban a la rotonda había un chaval algo mayor, trapichero conocido por Dani, que hizo un gesto afirmativo desde la distancia para confirmar que la mandaba él.

La chica se asomó y dijo:

—Me han dicho que os dé esto.

Le pasó un papel a Raimundo. Este lo leyó, sonrió, satisfecho, y se lo entregó a Dani. Mientras el otro leía, sacó la cartera y con discreción le dio cuatro billetes de cincuenta euros a la chica.

—Para tu novio.

Dani sacó su propia cartera y le pasó un billete a Raimundo para que se lo diera a la chica.

—Esto para ella, que esos cabrones no le van a dar nada y es la que se arriesga. Niña, esto para ti.

La chica se guardó el solitario billete en el sostén y se largó sin decir palabra con el resto del dinero en el bolsillo de la escandalosa chaquetilla. Dani volvió a leer la nota, en la que había una dirección; cuatro palabras y dos faltas de ortografía debían suponer un tipo de proeza, sobre todo para gente especialmente callejera, cuando se trataba del nombre de una calle.

También había un número: tres.

—¿Esto quiere decir que son tres tíos los que hay en el piso? —preguntó Dani.

—Imagino que sí. A ver si no se podía haber acercado el gilipollas del novio a contarlo como una persona normal.

—Mucha televisión.

—Vamos a tener que dar un curso, tú.

—Creo que se necesita hacer un curso para dar cursos.

Raimundo sonrió y arrancó el coche mientras Dani informaba al resto de hombres de que ya tenían la dirección de los chorizos. No, no era necesario que fueran con ellos. Sí, se bastaban y sobraban los dos solos. Ambos tenían el sinsabor de haber sido apartados de la misión de Gibraltar y querían resarcirse con algo de acción.

Quince minutos más tarde habían aparcado a la espalda del edificio indicado en la nota, y ya se habían ceñido guantes finos de cuero negro. Estaban en un barrio obrero que comenzaba a sufrir el deterioro de la falta de servicios públicos, como si la administración tuviera prisa para que las familias con hijos a los que criar saliera de allí corriendo. Alguna gente de esa zona pagaba la luz, el agua y el alquiler gracias a que el clan de los Claros siempre necesitaba manos y ojos para trabajos sencillos.

Al clan, más que a nadie, le interesaba la falta de perspectiva laboral en la zona; no existía un narcotraficante que no se complaciera con la teoría de que el mercado se regula solo.

Los dos hombres estudiaron los alrededores; no había casi gente en la calle. El edificio solo tenía una puerta de entrada y ni siquiera contaba con garaje subterráneo; posiblemente tampoco tendría ascensor. Frente al portal había varias motocicletas aparcadas, una de ellas sin matrícula, otra desguazada, y dos funcionales, pero con remiendos.

—Si esta gente sabía a quién le estaban robando, pueden ser peligrosos. Pueden ser hasta de otra banda.

—Ya —dijo Dani.

Pero eso no variaba el hecho de que solo había un sitio por el que pudieran entrar. Esperaron unos minutos para ver si tenían la suerte de que alguien entrase o saliese para bajar la basura, pero no hubo movimiento. Entonces Raimundo sacó una pequeña cartera que cubría un juego de ganzúas, cada pequeña herramienta agarrada a una guía metálica del doblez interno. Trabajó unos segundos en la cerradura del portal hasta que consiguió abrirla. Dani entró delante. Una vez a la sombra del portal, sacaron de la mochila deportiva los chalecos antibalas y se los pusieron bajo la chaqueta. Raimundo comprobó el cargador de la pistola y le enroscó el silenciador. Dani se guardó una porra extensible en el bolsillo y sacó una palanca de la maleta. La cerró y cargó con ella.

En ese momento, con todo ese equipo ilegal desplegado, no habría manera de que un policía pudiese ignorarlos, por más que conocieran el clan al que pertenecían. Contaban con la suerte de que aquel edificio no poseía sensor de movimiento que encendiese las luces de las zonas comunes. Subieron por la escalera en silencio, solo alumbrados por la luz que se escapaba bajo las rendijas de las puertas. Al menos en tres casas la gente veía el mismo partido de fútbol, a juzgar por el sonido que provenía de detrás de ellas.

Llegaron al cuarto piso. Se posicionaron delante de la puerta con la letra B, una puerta normal, sin cerrojo de seguridad ni otras historias. Allí había luz, pero en lugar de fútbol, parecían estar viendo una película bélica o quizá viciando con un videojuego de tiros.

Ambos negaron, desaprobadores.

La policía usaba un pequeño ariete para violentar una puerta, y no siempre lo conseguían al primer golpe. A Dani siempre le había parecido extraño que, ya puestos a entrar a las bravas, no empleasen la herramienta que el Creador había puesto en las manos del hombre para ello, con una efectividad más alta y una mayor limpieza. Claro que, para usar una palanca y tener éxito a la primera, era necesario algo más que mala hostia.

Raimundo le dejó sitio. Dani se puso de perfil, casi de espaldas a la puerta, encajó la palanca con parsimonia, probó el agarre sin hacer más ruido que el cuero de sus guantes crujiendo y, cuando se sintió satisfecho, la accionó con un golpe seco. La cerradura cedió con un crujido y Raimundo terminó de abrir dando un patadón. Se plantó en medio de la entrada, pistola al frente.

El salón estaba a cuatro pasos. Había un tío de pie, mirando la pantalla, bebiendo una lata de bebida energética; dos sentados en un sofá, con mandos en la mano, deslumbrados por las luces del juego. No llegaban a los treinta años, pero vestían como chavales de quince. Pegaron un bote por la sorpresa, incluso el que estaba en pie.

Raimundo accedió al salón y cubrió los ángulos muertos mientras Dani, tras él, cerraba de una patada, daba una carrera y reventaba la tele con la palanca.

Los tipos no se movían; sencillamente, no podían creer lo que estaba sucediendo.

—Despejado —proclamó Raimundo desde el cuarto de baño.

—Bueno —dijo Dani—, hoy le habéis dado una paliza a un amigo. Cuando yo era joven, me mandaron rajarle los muslos por dentro a gente por bastante menos. Pero hoy es hoy.

El de la lata hizo el intento de correr hacia la salida, pero Raimundo había vuelto desde la cocina y lo esperaba en la puerta, la pistola en una de las manos que mantenía cruzadas al frente. El joven frenó, puso los brazos delante como para detener algún posible disparo, pero Raimundo se limitó a indicarle con el arma que volviera al salón.

—Como decía —siguió Dani—, dejas a un tío en calzoncillos, le rajas de la ingle a la rodilla de las dos piernas y se desangra en menos de un minuto, y lo ve todo. Tiene que dar un miedo de la hostia, pero yo lo más que me he hecho es un corte con una piedra en la playa, así que no lo puedo saber. Eso es un ajuste de cuentas, aunque en este pueblo los ha habido peores, ¿no es verdad?

—Joder si los ha habido peores —confirmó Raimundo, la mente puesta en la infame tortura de aquel chorizo llevada a cabo por Cabezahueca y ordenada por Ernesto Claro.

Por supuesto, lo que contaba Dani era un adorno meramente intimidatorio; a ellos nunca se les había ordenado liquidar a alguien de esa manera, pero cuando uno intimida es para evitar un exceso de violencia, y por tanto de pruebas para la poli, y debe hacerlo bien.

—De todos modos, hoy es hoy —insistió Dani con un asomo de nostalgia.

—¿Quién coño sois? —preguntó uno del sofá.

En esas circunstancias, al menos para Dani, siempre surgía una sombra de duda: «¿La información será buena? A ver si voy a joder a quien no era». Pero llegados a ese punto las dudas servían de poco y a veces podían costarle a uno caro. Soltó un revés de palanca que impactó al que había preguntado en la rodilla, no lo bastante fuerte para romper, pero sí para que doliera la hostia y el chaval soltara lágrimas, un grito, y se balanceara agarrándose la pierna.

Al otro le plantó una patada en la cara. El golpe le mandó la cabeza contra el respaldo del sofá, rebotó y, reclinado hacia delante, vio como la sangre le manaba de la boca, rápida y salivosa.

—El clan de los Claros —dijo—. Y Arny es nuestro distribuidor.

—Vais a ir a la cárcel por esto —añadió Raimundo—. Vais a confesar todos los detalles cuando os llegue la denuncia, y dentro de la cárcel, si os habla alguien del clan de los Claros, agacháis la cabeza y obedecéis.

—Fíjate cómo será la cosa que nos vais a dejar los DNI para que les echemos una foto.

—Para que Arny sepa a quién tiene que denunciar.

—Porque si no, os vamos a encontrar otra vez, y os quitamos la vida.

—Y ahora, vamos a demostrar que nuestro amigo Arny se resistió como pudo.

Dani le pasó la porra extensible y luego retorció las manos enguantadas sobre la palanca para afianzar el agarre.

Al volver al coche, Dani echó la bolsa de deporte en el maletero, que además de los chalecos y otro material de trabajo, iba cargada con el costo que habían recuperado en la casa de los rateros. Faltaban dos placas de hachís; eso era algo de lo que también tendrían que dar parte. Raimundo sacó una petaca del bolsillo de la chaqueta y dio un trago para soltarse un poco la musculatura después del trabajo; pasados los cuarenta, casi cincuenta, uno tenía que empezar a cuidar el sistema muscoesquelético. Dani le aceptó un trago.

Se metieron en el coche y llamaron al jefe para darle la noticia del trabajo exitoso y la pérdida de dos placas, y ellos recibieron la noticia de que la noche no había terminado.

—A casa del viejo, entonces —dijo Raimundo.

Enfilaron las calles peor cuidadas de esa parte de la ciudad para llegar a la zona más viva y exclusiva donde Dominico tenía su piso de soltero, o de viudo, desde hacía más de quince años.

—Yo sé que a veces la cosa se pone rara, pero lo de este día no es normal —dijo Dani.

—Que vayamos ahora casa de Dominico. ¡Que yo voy donde sea, ojo! Pero habiendo gente más joven...

—Será un trabajo fino.

—Yo qué sé, Dani...

—Ya.

Ambos pensaban en que Francisco les había especificado que no podían contar precisamente con esa gente más joven, con la gente de Domingo, y eso olía bastante mal. Olía a tener que limpiar la organización por dentro.

Así de raro estaría siendo el día, que ellos dos habían hablado más en las últimas horas que en la última semana, incluyendo la noche que habían ido a tomar una copa con Domingo y el jefe, nada más salir Dominico de la cárcel; la noche anterior, de hecho.

Aparcaron donde pudieron, a un par de minutos andando de la casa. La noche comenzaba a estar fresca. Dani se quitó la pasada del pelo y la guardó en un bolsillo, pero se quedó un rato frotándose la nunca con incomodidad.

—¿Estás bien?

Dani se limitó a gruñir. Tenía esa sensación, como la vez que, unos veinte años atrás, un colega suyo se equivocó cogiendo una ola en la costa de Ciudad del Cabo y nunca salió del agua, como si la piel de la espalda se le quisiera despegar en caso de que él se negase a salir corriendo. Una vez lo intentaron apuñalar cuando cumplía condena por tráfico de armas; ese día, por la mañana, se había despertado en la celda con la misma sensación. También el día que Ernesto Claro se estampó la puerta del garaje en la cara y quedó en coma.

En la puerta de los rateros que habían visitado un rato antes no sintió nada raro que lo pusiera sobre aviso, pero mientras se acercaban a casa de Dominico Dani tenía la sensación de que la muerte, para unos u otros, se aproximaba con ellos.

—Estoy bien —respondió.

Al fin y al cabo, de qué servía poner palabras a una mierda como aquella, en la que ni siquiera él tenía motivos para creer.

La muerte

Francisco Claro aparcó a dos metros de la puerta principal de la chatarrería. Un tipo con la nariz vendada y el rostro amoratado la abrió y le indicó que pasara. Llevaba un minuto en llamada con Ada Negre, que había buscado la mejor ubicación posible para controlar, de momento, la zona de la oficina, a la espera de tener que desplazarse.

Cuando introdujo el coche y lo aparcó, al salir, escuchó perros en la lejanía. Entrecerró los ojos y pensó en algo que le había dicho recientemente Dominico, algo del pasado que, de modo inesperado, hizo que un amago de alegría chispeara en su diafragma. Luego la realidad, la luz exagerada de los focos, el ambiente y lo que debía enfrentar se comieron esa alegría como un cortacésped.

—Te veo —dijo Ada a través del pinganillo de la oreja.

Por supuesto, él no la veía a ella, y era de esperar que nadie en toda la chatarrería pudiera hacerlo. La mujer había actuado de modo imprudente, pero no podía negarse que era efectiva, porque se había ocupado de un mercenario que preocupaba al mismo Sokolov, y por lo que parecía, lo había hecho en silencio.

De otro modo, Francisco se habría encontrado una carnicería al llegar.

El tipo cerró la gran puerta corredera mientras, desde la puerta de la oficina, una mujer en chándal, que debía tratarse de Krys Romana, lo observaba apoyada en un rifle como si se tratase de un cayado. Sentado en los escalones que daban a dicha puerta se encontraba un gitano con cuello y cejas de boxeador, mayor que él.

Antes que pudiera dirigirles la palabra sonó una llamada entrante. Francisco manipuló el botón del pinganillo para atender dicha llamada y habló al micro oculto en el cuello de su camisa, en voz baja.

—Sí.

—Jefe, soy Raimundo. Estamos en la puerta de la casa de Dominico y no abre. ¿Puede haber salido?

—Supongo que lo habéis llamado.

—No lo coge.

A Francisco no le costó imaginar que el viejo lugarteniente se había cagado en sus órdenes y, mientras hablaban, se dirigía hacia allí mismo con intención de colarse por alguna parte de la valla y servir de refuerzo inesperado si la cosa se ponía fea. Le habían conservado el coche en un garaje y conocía la ubicación de la chatarrería. Además, al fin y al cabo, no hablaban solo del buen criterio de su jefe, sino de la vida de su hijo.

—Tú no tienes copia de la llave, ¿no?

Sentía urgencia por resolver la situación, ya que, si Ada le estaba advirtiendo de algo, no la podía escuchar, porque había dejado su llamada a la espera mientras atendía esta.

—No. Supongo que tenemos una en la oficina de la obra.

Estuvo a punto de decirle que no importaba, que mejor se fueran viniendo para el cruce, pero entonces tuvo una sospecha diferente, precisamente porque Raimundo le había recordado que tenían una copia de las llaves del piso de Dominico en la oficina de la obra de La Maquinita. Sacó el móvil del bolsillo para abrir la aplicación que le daba acceso a las cámaras del piso y dijo:

—¿Hay luz debajo de la puerta?

La mujer y el hombre parecían extrañados porque Francisco siguiera allí en medio, moviendo sutilmente los labios y sin despegarse del coche.

—Sí. Joder, voy a entrar… —dijo Raimundo.

—Espera —ordenó Francisco. El miedo ante la idea de lo que podía haber pasado le congeló la sangre que iba del corazón a los miembros. La aplicación se abrió y él seleccionó la carpeta indicada—. Esa puerta es de seguridad. No la abres ni de coña, ni con ganzúa.

—Vamos al coche a por la palanca, jefe, aunque tengamos que sacarla de las bisagras.

En las cámaras de la cocina, cuarto de baño y dormitorio no había nada.

La cámara del salón registraba la imagen de Dominico repantingado en el sofá, con el arma en la mano, pero el pecho y la barriga cubierto de agujeros de bala. De su garganta sobresalía la mitad del filo y el mango de un extraño machete, un arma antigua con el filo en forma de hoja algo doblada; una falcata.

Aquello era un mensaje. Sin lugar a dudas a Dominico lo habían matado a balazos, posiblemente cogiéndolo desprevenido, y el arma se la habían clavado después.

Y se habían ido dejando cerrada la puerta de la casa.

—Venid al cruce de la comarcal con el camino de la chatarrería esa que le gustaba tanto a Cabezahueca —dijo con voz grave, desprovista de prisa. Luego añadió algo que no casaba en absoluto con su tono lúgubre—: No le reventemos la puerta al bueno de Dominico por una tontería.

—¿Y qué hacemos allí, jefe?

—Traed a la vieja guardia. Si sale alguien que no sea yo, matadlo. Si al amanecer no he salido de aquí, entrad y matad a todo el mundo.

Miró a la mujer para comprobar, por algún cambio en su gesto, que hubiese podido escuchar algo de lo que había dicho. No lo parecía. Tampoco en el hombre de la escalera ni en el de la nariz rota.

—Jefe, he puesto el manos libres para que lo escuche Dani. Por favor, repite la orden.

Por fin Raimundo había encontrado un bocado demasiado grande para su buche. Esto hizo que Francisco sonriera; ¿acababa de convertirse en alguien más jodido para sus propios hombres que su padre?

—He dicho que dejéis la puerta de Dominico en paz, que vengáis al cruce entre la comarcal y el camino de la chatarrería que ya sabéis, que si alguien sale de ese camino antes que yo, lo matéis, y que si yo no he salido al amanecer, vayáis a la chatarrería y hagáis una puta matanza.

Colgó. Notó el ardor de las lágrimas y se apretó el puente de la nariz con fuerza para evitar que llegase el llanto. Apretó los dientes. Apretó el otro puño. Apretó el corazón de modo que sus latidos se convirtieron en un cántico histérico durante segundos.

«Yo no maté a Tormenta».

Si no lloraba, se iba a morir.

Si no gritaba, le iba a estallar la garganta.

Miró el móvil y besó la pantalla y se lo guardó. Si no desahogaba su desconsolada ira, iban a suceder cosas malas en ese sitio.

Pero un narcotraficante no llora; mata a su propio perro cuando le muerde.

Se dirigió al maletero para sacar la mochila ejecutiva en la que llevaba la documentación que le habían pedido que llevase. Vació todos los papeles en el interior del coche y se dirigió con la mochila vacía en dirección a la oficina. Recuperó el contacto con Ada.

—¿Dónde está el cuerpo?

—En un cuartucho por allí, por la entrada —respondió la mujer—. Krys lo sabe.

Se quitó el pinganillo de la oreja, el micro del cuello de la camisa y los tiró al suelo para pisarlos como si pisase a una serpiente que hubiese picado a su mejor amigo. Luego, mochila en mano, se dirigió a la guantera del coche y trasteó un poco hasta que dio con unos viejos auriculares con mp3 que seguía teniendo allí y que había usado con frecuencia en su época de estudiante, cuando salía a correr por algún parque de Boston. Enganchó los auriculares al móvil y se guardó este en el bolsillo.

Levantó la mirada, localizó la caseta junto a la oficina y se dirigió hacia ella pasando delante de la mujer y del hombre. Sin mirarlos, preguntó:

—¿Allí dentro hay herramientas?

—¿Cómo? —preguntó el hombre sentado en los escalones.

Francisco se inclinó con rapidez para encararlo, los puños cerrados, el gesto congestionado por la repentina rabia, y le rugió:

—¡Levanta de ahí, hijo de puta!

El gitano fuerte llevaba un manojo de llaves e iba con Francisco hacia la primera de las puertas que había camino al corazón del laberinto, donde estaba aquella casa y aquel salón con lámparas de lava. Andaban rápido.

—Lo siento mucho —dijo el hombre—. Estas cosas no pueden pasar aquí.

Francisco lo miró de reojo, caldeado con la idea de que era uno de los muchos que podían palmarla en ese sitio, que no habría piedad para él.

—¿Qué cosas? —dijo al tiempo que mostraba una peligrosa sonrisa de desdén.

—Cómo le digo... Hay *eschastra*, unas normas.

—Perro no come perro.

—¡Eso es!

—¿Y quién dice quién es un perro y quién es un gato?

—No lo sé, pero esto no está bien. Han ido a por mi sobrinico y gracias al Señor que esa mujer estaba allí.

«Ha sido necesario. Confía en mí», le había dicho Ada. Había un niño por medio y los sádicos de la casa lo habían querido coger para sabía Dios qué, quizá como garantía. El hombre no estaba siendo hipócrita para ganarse su confianza; tenía razón en aquello.

Llegaron a la primera puerta y abrió el candado.

Ada habló a Francisco a través de los auriculares, ya que seguían en llamada.

—Cambio de posición. Quédate ahí hasta que te diga.

—Sí —respondió. Luego le dijo al hombre—: Esperemos un segundo.

Este obedeció. Francisco tapó el micro con la mano para que Ada no pudiese escuchar lo que hablasen.

—¿Tienes algo más que decirme?

El hombre lo miró bajo aquellas cejas abultadas. Tenía pinta de ser más duro que el nudo de un árbol, más duro que la mayoría de la fauna que uno podía encontrarse en las calles o en la cárcel, pero miraba a Francisco con miedo. Este aún sentía los músculos hinchados por el esfuerzo que acababa de llevar a cabo con las herramientas del cuartucho, pero no estaba cansado; era fuerte.

El hombre tragó saliva, echó un vistazo a la mochila ejecutiva que Francisco llevaba a la espalda. Eso era lo que quería decir, o lo que quería preguntar.

Por qué.

Los límites en los que se movía el mundo criminal por aquellos lares habían sido rebasados con mucho esa noche.

Francisco se limitó a responder:

—Si todo va mal, si yo caigo, lárgate de aquí con tu sobrino antes de que amanezca, pero no lo hagáis por el camino que va a la comarcal.

Y se puso un dedo en los labios para ordenarle al hombre que mantuviera aquello en secreto.

—No sé dónde está mi sobrino.

—Joder, qué putada —dijo Francisco, con una frialdad que dejaba patente que hasta ahí llegaba su caridad. Ada le indicó que podía moverse y él comenzó a andar—. Vamos.

Se adentraron en esa sección intermedia, atestada por columnas de neumáticos de tractor o camión que dejaban huecos para que pasaran, como mucho, dos personas, una al lado de la otra.

—Desde que has llegado no para de vibrarme el teléfono de Arman; lo estarán buscando —le dijo Ada, donde quiera que estuviese—. Esto está a punto de ponerse caliente.

«Y que lo digas», pensó Francisco. Al fin y al cabo, la muerte de Dominico, y no la del mercenario kazajo, lo había cambiado todo.

—Dos han salido de la casa —dijo Ada—. No, espera, hay uno que les ha dicho que se metan otra vez en la casa. Están nerviosos de cojones.

Llegaron a una segunda puerta. Desde allí se veía un camino de piedras entre los matojos, que llevaba hasta una casa de hormigón y piedra, de una sola planta, junto a la que había aparcados varios vehículos; entre ellos, el Rezvani Tank de Domingo.

—Yo me quedo —dijo el gitano mientras abría ese segundo cerrojo.

—Por favor, deja abiertas todas las puertas interiores de este sitio.

—¿Estáis de verdad solos, tú y la *gachí*?

Francisco se limitó a mirarlo. El hombre parecía a punto de desearle suerte, o de despedirse, pero giró sobre las desgastadas botas y se marchó de allí con rapidez. Francisco hinchó los carrillos. Soltó lentamente el aire. Luego miró la casa. En aquel sitio, su padre había ordenado que mutilaran a un ratero de un modo tan cruel que tuvo que traerse a un psicópata de otra comunidad autónoma para que lo hiciera.

Ni él mismo fue capaz.

Francisco lamentó todo el tiempo que su supuesta falta de coraje había decepcionado a Ernesto Claro, y ya hacía años que había sobrepasado aquella franja que le hubiese permitido desear que lo estuviese mirando en aquel momento. Se encontraba solo, con todo lo que hubiese podido aprender de la vida para fortalecer el carácter, y con la aliada más extraña que pudiese desear. Sin embargo, de algún modo, se sentía en paz con aquello.

Cerrando algún tipo de ciclo de mierda. Era consciente de que, vinculado a su determinación, había algo de desconexión con la realidad, pero no encontraba que aquello fuese preocupante precisamente para él. En aquel lapso de extraña clarividencia, alejado de los detalles como solo puede estarlo un piloto kamikaze, su pensamiento se dirigió a Arman el kazajo: «¿Crees que Ivan Sokolov te quería muerto?»

Arman el kazajo no respondió, así que Francisco se dirigió a la casa sobre el camino de piedras planas y, como sentía que era lo mejor que podía hacer con su aliento, comenzó a silbar *Fisherman´s Blues*; siempre le había parecido una canción épica sobre perder las batallas del modo correcto, dijese lo que dijese la letra.

«¿Queréis negociar?», pensó. «Pues nada, a negociar».

El rifle

Krys Rumana le había prestado un viejo rifle. Aunque Ada se hubiese encontrado en un despacho bien con buena iluminación, acceso a internet y manuales de armas, habría sido incapaz de identificar su procedencia, ya que parecía el hijo bastardo de un Mauser del siglo XIX y un Mossin-Nagant de mediados del XX. Estaba gastado, remendada la culata con cinta americana, modificado para una mira telescópica que no era la suya, y borrada cualquier marca que pudiera identificarlo. No desentonaba en absoluto con la chatarrería.

Ada solo sabía de aquella arma que era una monotiro de cerrojo, con capacidad para seis proyectiles, que podía matar de un tiro, según su dueña, y que no iba mal a menos de trescientos metros. Si tenía algún tipo de desvío en el cañón respecto a la mira, lo descubriría cuando disparara por primera vez. Al menos la mira telescópica era buena, una Acurate que incorporaba láser por si se quería marcar los objetivos con un punto rojo cuando empezara el baile. Al menos venía con una correa para cruzarlo a la espalda como un carcaj, lo que le permitía la capacidad de movimiento que necesitaba en esa circunstancia.

El entrenamiento había conseguido que la orientación, para ella, se convirtiera en instinto involuntario, de modo que cada paso que había dado en aquel sitio le había servido para formarse un mapa mental del mismo.

En ese momento se encontraba tumbada sobre la panza, encima de una estructura de ladrillo encalado y techo plano cuyo único objetivo parecía ser el de albergar una batería diésel de emergencia que aquella noche se encontraba apagada. De la pequeña caseta salían cables gruesos que se enredaban en un poste de madera para distribuirse hacia otros postes de madera, el sostén de la alimentación eléctrica del lugar.

Desde esa caseta sucia, con el techo lleno de arañitas, mala hierba y humedades, Ada veía dos secciones completas de la chatarrería y sabía que tenía a su espalda una tercera, asilvestrada, de la que de vez en cuando llegaban los ladridos de los perros que la gente dejaba allí para no tener que sacrificarlos. La sección que había a su izquierda era aquella que el gitano desandaba para volver a la oficina, el laberinto de neumáticos y hierbajos. La de la derecha contenía el suelo de grava, los vehículos, la casa llena de cabrones, a ciento veinte metros, luz suficiente proveniente de las ventanas y de unas lámparas de jardín distribuidas por el suelo exterior.

Francisco se acercaba al encuentro con lo que parecía una mochila a la espalda. Ada oía el roce de la ropa contra el fino micro de los auriculares, que llegaba colgando de la camisa para que los otros no supieran, al menos en primera instancia, que estaba comunicado con alguien. El cabronazo iba silbando con toda tranquilidad. Él ya no podía escucharla, pero ella sí podía escucharlo a él y lo que sucediera.

Francisco se plantó allí, en la parte de atrás de la casa, como si no tuviera prisa, como si fuese un regalo dejado por un mensajero.

Ada deseó poder fumar un cigarrillo o haber recordado coger algún chicle de nicotina. Como remedio, arrancó una ramilla seca y se la llevó a los dientes para mordisquearla. Le habría gustado decirle a Francisco que hacía bien en quedarse fuera de la casa, pero parecía que el jefe del clan de los Claros no necesitaba entrenamiento militar para darse cuenta de lo obvio: bajo techo no gozaría de apoyo.

Los hombres que habían hecho el amago de salir a buscar a Arman, volvieron a asomarse y miraron a Francisco desde lejos. Ada podía entender su incertidumbre; habían pagado para no tener que preocuparse ni de la intimidad ni del perímetro, pero les seguía faltando un hombre.

La gente armada que tenía un plan podía ser más peligrosa si dejaban de confiar en él; al menos, Francisco había llegado antes que tomaran la determinación de poner vigías por todas partes en lugar de seguir confiando en la organización local.

Un tercer hombre, que llevaba una llamativa camiseta roja bajo la chaqueta, mandó a los otros dos a husmear por los alrededores y él volvió dentro. Al rato, reapareció con el tipo de las gafas de sol, los tres chavales del clan de los Claros, las manos apresadas a la espalda, y otros dos hombres detrás, también enchaquetados, que portaban armas de fuego. El más alto de todos ellos andaba de manera irregular, una de sus piernas rígida por completo.

Si no le fallaban los cálculos, y si era buena la información que le dio el gitano, con Arman muerto, dentro de la casa permanecían dos hombres además de la mujer.

Usó la visión de la mira para comprobar que uno de esos vigilaba a través de la ventana abierta de la parte trasera, la misma por la que Ada había asomado el móvil para grabar la ejecución de uno de los chavales.

El grupo, encabezado por el tipo de las gafas de sol y el de la camiseta roja, se posicionó frente a Francisco. Este bajó la mochila y se la colocó junto a la pierna derecha. Ada percibió un movimiento a su lado. Movió levemente la cabeza para no delatar su posición; allí estaba el niño, de pie junto a ella. Miraba entre los obstáculos, arbustos, postes de madera y neumáticos, hacia aquella reunión; luego miró a Ada y asintió con tranquilidad; su rostro era suave, los labios carnosos, la mirada inteligente tras un flequillo excesivo, decolorado con agua oxigenada para estar a la moda; el niño retornó la vista en dirección a la casa.

A Ada le habría gustado preguntarle qué coño pretendía allí plantado, pero ni ese sonido podía permitirse. Decidió pensar que se sentía más seguro junto a ella, o que incluso quería ayudarla si estaba en su mano, que no se había acercado por puro morbo o con la intención de delatarla, pero no había nada que pudiera hacer al respecto, salvo centrarse en lo que tenían enfrente.

Y esperar órdenes.

«Es una negociación», pensó. «Negociarán y nos iremos a casa, yo con un cuarto de millón de euros en mi cuenta, y sin haberme metido en más mierda».

A través de los auriculares le llegó, lejana, la voz del hombre de las gafas de sol, que se colaba por el micro disimulado de Francisco, y que también viajaba por el aire.

—En mis tiempos, en la Universidad, solían colocarse unos carteles con la palabra sexo bien grande. Cuando te acercabas, había una letra normal que comenzaba con la frase: Ahora que hemos conseguido llamar tu atención...

El hombre se deleitaba con el momento. Según Mateo Duncan, se trataba de un tipo que tenía jueces en la mano, y ni siquiera estaba en lo más alto de la estructura de poder. ¿Serviría haber advertido de algo así a Francisco? No podía haberlo hecho sin delatar sus contactos con el CNI. Duncan también había dicho que el jefe quizás acabase formando parte de la organización, como posiblemente había formado parte su padre antes que él. Para eso, después de que Ada Negre hubiese matado a un miembro, quizá debiera sacrificarla a ella.

Pero eso no fue suficiente para que Ada se largase. Doscientos cincuenta mil euros en juego, un niño por ahí en medio y la maldita reticencia adquirida a abandonar el puesto, pesaban diez veces más que el miedo a la muerte, un miedo que, a ratos, era casi etéreo en ella.

El hombre de las gafas de sol encogió los hombros para parecer inocente y al mismo tiempo cruel. Francisco lo ignoró y se dirigió a Domingo.

—¿Cómo estás, Domi?

El chaval iba a responder, pero un hombre le golpeó la corva para obligarlo a arrodillarse. Ada Negre apuntó al cuerpo de ese hombre, un dedo sobre el gatillo y otro sobre el botón que activaría el puntero láser para marcar el objetivo con un punto rojo.

No lo activó aún; antes de delatar su posición, debía averiguar cuáles iban a ser las prioridades del jefe en ese asunto. Si algo tenía claro cuando cambió de vida, era que los riesgos debían estar a la altura de las recompensas, al menos con jefes que no merecían ni su meada en caso de estar ardiendo en el suelo; de momento, aquel se estaba comportando con valor.

Francisco dijo:

—¿Eso era necesario?

—Todo lo que hemos hecho era necesario, por tu culpa, Francisco Claro. Tu padre decía que no tenías estómago para esto, pero vas a tener que tenerlo, y convicción.

—Lo que mi padre... Está bien. Da igual. ¿Qué queréis?

—Queremos que entiendas que estás a nuestra merced, que estamos en todas partes. No queremos negociar; te puedes meter los papeles por el culo. Queremos tu compromiso y tu sometimiento.

Francisco lo señaló con un dedo, exagerando una sorpresa fingida, y dijo:

—Espera, ahora me vas a decir que, cuando llegue a la ciudad, me voy a encontrar una sorpresa. A lo mejor te jode esto, pero ya no es una sorpresa y sé exactamente a quién habéis comprado para que lo haga.

Ada Negre no tenía la más remota idea de a lo que se referían, pero tampoco necesitaba un manual para darse cuenta de que hablaban de una sorpresa cubierta de sangre. El hombre con las gafas de sol no parecía dispuesto a dejarse impresionar ni a cejar en su empeño de impresionar al otro.

—Sabemos que ya has visto la sorpresa, una de ellas.

El hombre chasqueó los dedos. Uno de los chicos del clan de los Claros puso las manos al frente, dejando en evidencia que nunca estuvo maniatado. Los otros lo imitaron. Domingo se levantó del suelo y mostró las manos a Francisco.

—Joder... —murmuró Ada.

Ni de tu padre

Domingo había recibido las instrucciones de lo que se esperaba de ellos una vez que llegase a la chatarrería su antiguo jefe. Luis, Santana, e Ignacio, el Moro, guardaban silencio desde entonces. Cuando se dio la orden de salir de la casa, les cortaron las ataduras y les ordenaron que dejaran las manos a la espalda hasta que el hombre de las gafas de sol chasqueara los dedos.

La sensación de que todo aquello había sido un fabuloso error no hacía más que arremolinarse en sus tripas, pero su cabeza le pedía paciencia, le exigía que fingiera, que los otros creyeran que era capaz de cualquier cosa con tal de pasarse a su bando; eso le habrían recomendado su padre y su jefe, incluso el loco del padre de su jefe; cualquiera le habría dicho que, para vengarse, había que estar vivo.

Durante el tiempo de espera, la gente de la organización había procurado no hablar delante de ellos. Salían del salón y murmuraban. ¿Para qué iban a arriesgarse? A uno de ellos podía cruzársele un cable, escapar por la ventana y tener una suerte de la hostia, sobrevivir habiéndose enterado de cosas que no debían saberse.

Pensó que la espera se le haría una eternidad, pero durante un tiempo disfrutó de la tensión que provocó en los secuestradores el hecho de que Arman, aquel hijo de puta traicionero, no hubiese vuelto de inspeccionar la zona. Los murmullos de la habitación aledaña se transformaron en voces rabiosas y escuchó un par de veces la expresión: «Putos gitanos».

El Moro los había escuchado también. Enarcó una ceja y dijo:

—Pero qué feo está eso…

Incluso delante del cadáver de su amigo el Careta, tuvieran que contener la risa.

Así que el tiempo no pasó tan lento como se había temido. De hecho, cuando les cortaron las bridas y les dijeron que se levantaran, le pareció que todo iba muy rápido.

—¿Qué vais a hacer? —exigió.

—¿Tú quieres pertenecer a nuestra sociedad? —respondió el tipo de la pata tiesa—. Pues síguenos la corriente y obedece.

Por el modo apresurado y despreciativo con que lo dijo, Domingo no tuvo ninguna duda de que estaba muy lejos de las intenciones de esa gente acogerlos en su sociedad, ni aunque mearan oro después de beber cerveza; nunca habían pretendido usarlos para algo distinto a un simple cebo. Que la deserción en el último momento de Menta hubiese acelerado los planes, no alteraba la naturaleza inicial de los mismos.

Domi, sin embargo, tenía que seguir dando a esa gente la impresión de que creía en sus posibilidades.

—Para eso hemos venido, coño —dijo con la cabeza gacha.

Miró de reojo a sus amigos. El Moro estaba tenso y lívido por la preocupación. Luis, a quien llamaban Santana, se mostraba extrañamente relajado. Domingo había escuchado hablar de los efectos del *shock*, pero dudaba mucho que se manifestase así. Frunció el ceño para interrogarle con la mirada, pero Santana se limitó a señalarle la puerta con la barbilla, porque les estaban ordenando que salieran.

Y salieron.

La mujer y dos tipos quedaron en la casa. El resto iba escoltándolos, menos otros dos que se habían separado para rodear la zona. Arman seguía sin aparecer. Domingo se veía capaz de tumbar a un hombre, a cualquier hombre, de un derechazo si lo cogía de lleno, pero después de eso, en caso de que sus amigos no respondieran o Francisco se quedara paralizado, no habría nada que hacer; los masacrarían a machetazos y disparos.

Deseó que el jefe hubiese desobedecido las indicaciones y hubiese acudido con la caballería, aunque fuese una locura, pero al menos se la jugarían en una tormenta de balas, incluso si se hubiese tragado que él estaba con esa gente; y para tragarse eso tampoco era necesario imaginar mucho, porque Domingo había ido de modo voluntario a la reunión sin contar nada a Francisco Claro. Él había querido cambiar de bando. En caso de que los hombres del clan estuviesen tomando posiciones en la chatarrería, nada aseguraba a Domi que la primera bala no fuese dirigida a su cabeza por traidor.

Así que se enfrentaba a un dilema: gritarle al jefe que lo habían engañado en cuanto lo viese, provocando que lo matasen los unos, o quedarse en silencio cómplice, provocando que quizá lo matasen los otros, de haberlos.

La incertidumbre le estaba provocando una puta úlcera. El cuerpo le pedía adueñarse de las circunstancias, actuar, ahora que tenía las manos libres. Había sido muy cabrón cuando se le había permitido y quizá se mereciese no salir de allí con vida, al fin y al cabo, pero preferiría palmarla en la euforia de la adrenalina que en el temblor asustado de un cordero.

Él no era un cordero.

Llegaron a la parte trasera de la casa. Ni siquiera estaba cerca de su Rezvani Tank para intentar una carrera que lo pusiera medianamente a salvo. Conservaba las llaves del coche en el bolsillo trasero de los pantalones. Hacía frío. Tenía los pezones duros y la piel de gallina; notaba el frío en todos los *piercings*.

Francisco Claro parecía haber venido solo.

El tipo de las gafas de sol soltó alguna de las suyas que Domi no escuchó porque estaba concentrado prestando atención al entorno. Entonces el jefe le preguntó si se encontraba bien. Aquella preocupación le provocó un alivio redentor que lo cogió de sorpresa. Iba a responder que sí cuando alguien le dio un golpe en la parte de atrás de la pierna y le hizo postrarse. Se clavó una maldita piedra en la rodilla derecha, pero apretó los dientes para no gemir de dolor.

Mientras el jefe y el otro hablaban, se fijó en que había traído una mochila que descansaba al lado de su pierna. Pensó que ojalá llevase un par de uzis y comenzase a disparar ráfagas y que acabase aquello como tuviese que acabar. El hombre de las gafas de sol dijo entonces:

—Sabemos que ya has visto la sorpresa, una de ellas.

Chasqueó los dedos. Se suponía que eso era algún tipo de señal. Se suponía que tenían que obedecer. El Moro adelantó las manos. Santana también. Él hizo lo mismo y se levantó, mostró las palmas; no tendría otra oportunidad de intentar algo.

Entonces uno de los hombres le pasó una falcata a Santana. Este se giró, miró a Domingo un segundo, con aquella extraña tranquilidad, y dijo en voz bien alta, para que lo escuchase Francisco Claro:

—No te puedes fiar de nadie.

El Moro comenzó a decir:

—Pero qué…

Hasta que la falcata se le clavó en la garganta, precisa como un dardo. Santana retiró la hoja con más brutalidad de la que había usado para clavarla, terminando de seccionarle músculo y arterias, de modo que Ignacio, el Moro, perdió toda la fuerza en un instante, una bajada de tensión total por la hemorragia, y cayó desvanecido al suelo.

Domi no podía soltar el aire de los pulmones. No podía dar un paso atrás. No podía sentir nada que no fuese el mundo dándose la vuelta, el pasado reciente desplegándose como un mapa que había escondido sus caminos más tenebrosos.

—¡Basta! —gritó Francisco.

—¡Estamos en todas partes! —le respondió el hombre de las gafas de sol—. Como puedes ver nos hemos colado hace tiempo en tu organización, en tu casa. Nos perteneces.

—Basta —repitió el jefe del clan de los Claros.

Domingo no podía entender por qué no era capaz de soltar el aire y no podía entender por qué Santana lo seguía mirando, sonriente, el arma goteando sangre en la mano, no sabía quién era ese tío, y no podía entender por qué no gritaba, y por qué no gritaba el jefe, y por qué no se rendía y les ofrecía todo lo que quisieran, o por qué no sacaba el arma.

Hasta que comenzó a exhalar en un gemido inconsciente e inevitable.

Todos los demás le daban la espalda, como cosa hecha, menos Santana, que lo seguía mirando, paralizándolo con la sonrisa y la traición, mucho más que con el arma. El astuto y leído Santana, siempre adornando con filosofía el camino que habían recorrido hasta llegar allí. Arman lo había atraído con sus promesas sobre pérdida de los remordimientos, con su anillo rojo y su acento, pero fue Santana quien empujaba desde atrás.

Incluso con sus silencios.

—Tus negocios nos pertenecen, tu vida nos pertenece —dijo el hombre de las gafas de sol—, tu futuro nos pertenece, y tu voluntad, porque estamos en todas partes. Tu padre nos tuvo algo abandonados en los últimos años, y parece que no te contó nada. Imaginamos que por eso rechazaste la oferta para comprar la casa que has heredado. Verás, esa casa...

—¿Os pertenece? He dicho que basta.

Domingo parpadeó. ¿El jefe estaba echándole cojones con las manos desnudas? ¿Le estaba dando una orden?

—Tengo traidores en casa, claro, pero también tengo amigos. A lo mejor soy un hijo de puta con carisma, o a lo mejor es que gasto bien mi dinero.

—Elige con cuidado tus próximas palabras —advirtió el tipo de la camiseta roja bajo la chaqueta.

—Tú no sabes cuántos amigos tengo ni dónde están, ni qué saben —continuó Francisco.

Levantó las manos para que vieran que no quería moverse demasiado rápido ni sacar un arma, y se agachó hacia la mochila rígida. Abrió la cremallera y dejó que el contenido rodara al frente, casi a los pies del hombre de las gafas de sol.

Se trataba de la cabeza de Arman.

Desde su posición en cuchillas, Francisco clavó la mirada en el hombre de las gafas de sol y dijo:

—Tú me perteneces.

Domingo esperaba que en ese mismo momento cualquiera de los secuestradores gritara: «¡Matadlo!», y comenzara la masacre con pólvora y filo, pero, al parecer, aquella cabeza cortada había provocado un súbito paréntesis reflexivo.

—Esta chatarrería me pertenece. Este campo, las ciudades, me pertenecen. Da igual cuánta gente hayas infiltrado entre los míos, porque todos los demás, todo lo que os rodea, es mío. Hazme daño —propuso Francisco Claro— y yo te haré más daño, en definitiva. Me debes tres hombres y yo me voy a cobrar seis. Uno que ya ha caído y cinco que tú elijas.

—Ni te atrevas —amenazó el líder—. Destruyo tu vida.

«¿Cómo que tres hombres?», pensó Domingo. Ignoró por fin la sonrisa asesina del que había considerado su amigo y miró a Francisco, se adelantó un paso y dijo:

—¿Cómo que tres hombres, jefe?

—Tú cállate —ordenó Francisco.

Santana le puso la falcata en el cuello e hizo: «Tse, tse.» Domingo ya no estaba paralizado, sino presa de una intuición muy jodida que le había congelado el sudor; Santana era solo un estorbo. Se agachó y le hundió el puño izquierdo en el abdomen. Antes que pudiera torcerse por la falta de aire, se incorporó y le encajó un *overcup* en la mandíbula que lo lanzó hacia atrás, hacia uno de los hombres enchaquetados.

Todos sacaron sus armas.

—¿Qué tres hombres? —exigió Domingo.

—¡Barre el sitio! —ordenó Francisco Claro mientras las espadas ceremoniales y armas de fuego apuntaban a uno y a otro.

Un punto rojo apareció en el cristal de las gafas de sol del líder de la secta, en el lado derecho. Se oyó una detonación lejana. Esa parte de la cabeza le reventó como si lo acabase de golpear un bateador montado en un tren fantasma.

III

MANDÍBULAS

Todo empieza cuando alguien se pone nervioso

El niño se llamaba Josué y aprendió de su padre que no había nada por lo que mereciera la pena ponerse nervioso. Se levantaba temprano para que su tío lo llevara en moto al instituto, cuando podía ir, y cuando no, abría los libros por donde pensaba que iba a avanzar la clase y se ponía a estudiar por su cuenta. Se vestía despacio para no equivocarse de botones, se acercaba despacio a los perros, comprobaba las llaves antes de usarlas, se movía sin hacer mucho ruido, pero cuando había que correr, corría como un gazapo.

No tenía gran confianza en los mayores, por mucho que lo hubiesen criado para respetarlos; a pesar de las caras serias que ponían y la seguridad con la que decían las cosas, se equivocaban como los niños y se encomendaban demasiado a Dios. La mujer armada que le había salvado la vida aquella noche le caía bien. Se movía rápido porque era necesario, pero no porque se hubiese puesto nerviosa.

Cuando Josué se dio cuenta de que en la chatarrería se iba a liar un cirio como no se había liado nunca, entendió que el lugar más seguro era al lado de ella. Su tío Alberto y su primo Juanfran hacía tiempo que no eran capaces de pensar por sí mismos, y la dueña, Krysta, los usaba a su antojo.

Le cegaba el dinero.

La mujer armada, la paya que lo había salvado un rato antes, quizá fuese peor que todos ellos juntos, pero Josué no imaginaba a ninguno esperando en silencio tumbados sobre la panza y apuntando con un rifle a que llegara el momento adecuado para actuar. Otra cosa buena que Josué había aprendido de su padre y de su madre era a ser agradecido, así que se quedó allí, de pie, por si necesitaba algo, que le abriera alguna puerta o que la cerrara.

Los hombres de la reunión se estaban alterando. Josué se dio cuenta de que la cosa se iba a poner muy fea, mucho más fea de lo que seguramente permitía el dinero que habían pagado por estar allí. No por primera vez, aunque en su familia fuese un pecado pensar siquiera en ello, se planteó que en ese sitio hacía falta que llegara la policía.

O alguien.

Entonces, en la reunión junto a la casa, un chaval atravesó el cuello de otro con una espada. Y apareció rodando la cabeza del tipo del bigote largo que lo había amenazado. Y la mujer le dijo con una voz que sonó como un latigazo de cinturón:

—¡Agáchate!

Y disparó.

Agachado, Josué solo se pudo tapar los oídos, y los arbustos le impidieron ver si había acertado o no el tiro. La vio mover el cerrojo del rifle para preparar otro proyectil y el primero saltó al aire y cayó al suelo, cerca de él.

Para entonces todos los perros estaban ya ladrando en, se apoyaban a dos patas sobre la valla metálica o se frotaban nerviosos contra ella.

La paya disparó por segunda vez. Dijo algo que Josué no pudo escuchar, porque el sonido de la detonación había sido demasiado reciente, y saltó de la caseta del generador con el rifle en la mano. Cayó como si hubiese saltado de la cama, pisando el casquillo con una bota. El niño pensó que le hubiera gustado quedarse con ese casquillo de recuerdo.

Le puso la mano en el hombro y le dijo:

—¡Escóndete, hostias!

—Quiero ayudar.

Ella lo ignoró, se puso en pie y apuntó con el rifle para volver a abrir fuego, pero llegaron un par de disparos desde la casa y se vio obligada a agacharse. Las balas atravesaron el aire, los arbustos, se perdieron; los perros ladraban. Agarró a Josué por un brazo y lo puso tras la caseta. Le levantó la cara con una mano, los ojos enloquecidos de la rápido que parecía estar pensando.

—¿Los perros te pueden atacar?

Hubo otros disparos y un grito de dolor muy agudo, que el niño intentó ignorar, aunque lo sintió en la barriga y en los huesos; alguien se había hecho mucho daño de verdad.

Allí en medio había una cabeza.

Estaban todos locos.

—¡Niño!

—¡No! Nunca.

—Pues escóndete con los perros.

Dijo eso y salió por el otro lado de la caseta del generador, corriendo agachada con el rifle bajo el pecho como si fuese un bebé. Josué levantó la mano en un intento de pararla, de irse con ella, porque con ella se iban tantas cosas que tuvo más ganas de llorar que al haber visto la cabeza y el otro asesinato.

Un adulto funcional.

Pero el niño había aprendido que sus deseos nunca debían ir más lejos que sus piernas, porque en ese espacio habitaban las decepciones más amargas, así que se giró y corrió agachado, como ella, pero en dirección contraria, hacia la puerta que daba a la perrera, sujetando el manojo de llaves igual que ella había sujetado el rifle.

Una vez que todos se habían puesto a producir un ruido del infierno, su tío Alberto parecía haberse animado, porque, desde la zona de la oficina, gritó:

—¡Josué! ¿Dónde estás?

Ignoró la llamada de su tío precisamente porque la sangre le tiraba más de lo que quisiera confesar, y su verdadera intención era obedecer la orden de aquella mujer que parecía saber lo que había que hacer en cada momento; si el tío Alberto daba con él, no sería capaz de desobedecerle. Abrió la cerradura de la puerta; algunos perros lo habían olfateado y lo seguían, ladrando, desde el otro lado de la valla.

A su espalda había disparos.

Al frente, ladridos.

El tío Alberto lo llamaba con una desesperación que nunca había notado en él.

—¡Déjame! —gritó el niño.

Abrió la puerta de la enorme perrera al aire libre para entrar, pero los perros se adelantaron y una pequeña manada de ellos salió en tropel, y casi lo tiraron al suelo, excitados como nunca los había visto, como lobos.

Barre el sitio

Francisco sabía, anticipadamente, que era más probable que fallase cualquier evento inesperado a que fallase su propia convicción o el apoyo de la francotiradora, teniendo en cuenta que incluso esos dos elementos podían fallar. También sabía que no habría marcha atrás cuando mostrase la cabeza que, ante la horrorizada mirada de los dos gitanos que llevaban la seguridad del sitio, había cercenado con sus propias manos en el cuartucho junto a la oficina.

Mientras había usado la vieja sierra para madera, enrabietado por la muerte de Dominico, una parte de él se había asombrado de estar siendo capaz de practicar aquella carnicería, como un niño que aprende a nadar cuando alguien lo tira al agua y se da cuenta de que no es para tanto.

Imbuido por aquella extraña solvencia, no descartaba que pudiese ser debida a algún tipo de enajenación. Entonces, al poner los cojones encima de la mesa mostrando la cabeza cortada de Arman, el kazajo, Francisco acarició la idea de poder intimidarlos y manipularlos, someterlos; lo tuvo en la punta de los dedos. Pero metió la pata al mencionar que había perdido tres hombres, ya que Domingo solo sabía que hubieran matado a dos. Cuando Domi dejó noqueado al vendido de su colega, Francisco estaba casi seguro de que su mente había unido piezas, quizás alentado por el comportamiento irreflexivo del propio Francisco, y había intuido que el tercer muerto era su padre.

Así que:

—¡Barre este sitio! —gritó para que Ada lo escuchase incluso si el móvil se hubiese quedado sin batería.

Los putos psicópatas, antiguos socios de su padre, sacaron pistolas y machetes, una yakuza con aspiraciones ibéricas que no se decidía a moverse sin la orden de su líder. En cuyas gafas de sol apareció un puntero láser.

Y luego le estalló la cabeza a cuatro pasos de Francisco.

Se agachó por instinto; llevó la mano atrás, bajo la chaqueta; cogió la pistola.

Un hombre saltó sobre Domi para detenerlo y acuchillarlo al mismo tiempo, pero el chaval le dio un codazo y lo tumbó. La espada le hizo un corte desde la barriga hasta el pectoral izquierdo. Por un instante vio el dolor brillar en los ojos ambarinos del muchacho. Francisco apuntó para rematar al que había rajado a Domi, pero un cabrón alto con pata de palo estaba orientando la escopeta hacia él. Cambió el objetivo y le disparó tres veces, obligándolo a transformarse en un ovillo que recibía balas e intentaba huir, todo al mismo tiempo.

De la derecha llegó un disparo de fusil. Atravesó el vientre del tipo de la camiseta roja, que dio un estúpido botecito por el impacto y cayó a cuatro patas.

Domi, rodilla en tierra, reventaba a puñetazos a su atacante mientras gritaba:

—¿Quién era el tercero?

Francisco retrocedió apuntando. El tipo de la camiseta roja lo miró, soltó un chillido agudo, alzó la mano del arma como pudo, le disparó y la bala le impactó cerca de la ingle. Destrozó el móvil y le dejó la pierna derecha floja de inmediato. Francisco cayó hacia delante, pero se sostuvo con una mano y rodó de lado. Las balas de aquel cabrón mal vestido seguían levantando grava cerca de él.

Alguien saltó de la ventana trasera de la casa. Llevaba dos pistolas y disparaba hacia el lugar desde el que venían los disparos de Ada Negre. Francisco deseó sinceramente que la mujer se diera cuenta y cambiara de ubicación. El balazo aún no dolía, pero era incapaz de accionar la cabeza del fémur. Panza abajo, disparó al de la camiseta roja. También falló; era un duelo ridículo. Entonces un proyectil de rifle, o una bala perdida, atravesó el cráneo del cabrón y lo mandó a dormir para siempre.

Francisco soltó un grito de victoria que no escuchó nadie. Luego vio que había un enchaquetado que todavía, como si no supiera dónde dejarlo, sostenía al chaval al que Domingo había noqueado de un puñetazo. Le disparó. Falló dos tiros. El tercero dio en el cuerpo del joven. El hombre lo soltó, se agachó para protegerse mientras sacaba su pistola, tal como Francisco había hecho unos segundos antes.

Qué puta mala puntería gastaba todo el mundo menos Ada. De repente, Francisco no tenía muchas ganas de quedarse cojo y sobrevivir, pero tampoco podía levantarse del suelo para marcarse un final heroico.

Vio con el rabillo del ojo que una mujer salía por la puerta de delante protegida por otro tipo, en dirección a los vehículos. ¿Esa era la que estaba en pelotas en el vídeo? Disparó hacia allí y dio en el faro de un coche. La pareja se detuvo. Una bala pasó tan cerca de la cabeza de Francisco que le movió el pelo, pero ni se inmutó, anestesiado por todo el proceso extraño que la traición había iniciado en él.

Corrigió el tiro, disparó a la pareja que había junto a los vehículos y la bala se perdió en la noche. El tipo sacó las llaves del bolsillo. La mujer se las quitó de las temblorosas manos.

Valientes sectarios de mierda.

Volvió a disparar e impactó en el cuello del hombre; bajo la luz verdosa de las lámparas de jardín, el chorro de sangre pareció de fiesta, champán y confeti.

Fue a apuntar a la mujer, taponado el sentido del miedo, taponados los oídos, pero a ras de suelo pudo ver que se acercaban unas botas. Un tipo con espada. Qué caros podían salir los rituales. Le vació lo que quedaba de cargador en el vientre; lo rompió por la mitad y el tipo se fue doblando a medida que retrocedía hasta que las piernas no le sostuvieron, ni la columna, y cayó tronchado.

Domingo había caído también, a balazos y machetazos.

Los sectarios que quedaban en pie, pero agachados entre los cuerpos de los muertos, retrocedían hacia la ventana abierta para refugiarse en la casa.

A la izquierda, la mujer había arrancado el coche y daba marcha atrás, describiendo una curva, para salir de allí. El deportivo chocó con el Rezvani Tank de Domingo Fossati. Se reventó los faros traseros. El maletero quedó abierto. Cuando se despegó del golpe, el motor parecía escupir hacia atrás para poder seguir avanzando, como los calamares.

Francisco se tocó el lugar donde había recibido el impacto. En los dedos había sangre fresca. Notaba que el dolor comenzaba a manifestarse en la cadera. Si la metralla del móvil destrozado había tocado la femoral, podía darse por muerto; allí no había hueco para torniquetes.

La mujer se escapaba.

Francisco puso las manos en el suelo, una de ellas aferrando el arma, como si se dispusiese a hacer flexiones; era fuerte. Se impulsó con toda la potencia de la que era capaz, casi saltando, y metió la pierna sana bajo el cuerpo. Quedó a la pata coja, encogido igual que un patinador. Se irguió mientras sentía que algo se le desgarraba en la cadera herida.

Apuntó al deportivo que huía, humeante, a menos de diez kilómetros por hora. Desde la ventana le llegó un disparo en el brazo. Soltó el arma por el dolor, pero quedó en pie y gritó a la casa, soltó todo lo que tenía dentro, como una rata que intentase espantar a un depredador enorme, a la desesperada.

La fachada del edificio recibió dos disparos, la ventana otro, el tirador se metió para dentro, Ada apareció de la oscuridad, soltando el rifle y sacando la pistola. Mientras avanzaba se permitió desenroscar el silenciador. Una mano asomó para dispararle.

Al fondo y por delante de Francisco aparecieron varios perros a la carrera, como si formase parte del mismo remolino.

Aquello le hizo caer de culo.

Ada agarró la mano del que intentaba apuntarla a ciegas y metió el cañón de la suya dentro de la casa. Disparó dos veces. Miró a Francisco y luego, sin mediar palabra, sacó un revólver y se coló por la ventana, las dos armas al frente. Pronto se escuchó el sonido de muebles que se volcaban y lámparas de lava que volaban, y algún disparo esporádico, porque los sectarios supervivientes intentaban defenderse como las víctimas en una película de terror.

Entonces el perro se plantó delante de Francisco Claro, un chucho grande, viejo y oscuro, escoltado por tres animales más pequeños y jóvenes. El perro, al detenerse, había soltado polvo

LOS PERROS QUE NADIE QUIERE

de su pelaje, que se evadió hacia la oscuridad. Le faltaba un trozo de oreja y tenía costurones cicatrizados en los belfos, el cráneo y el lomo.

De la casa surgió un grito agudo de terror, y un disparo lo cortó bruscamente. Los perros escolta se giraron, tensos, pero el perro oscuro siguió con la vista clavada en Francis. Olisqueaba.

—¿Te acuerdas de mí? —dijo.

Levantó la mano sana con miedo, porque sabía que Tormenta lo quería, pero que también era capaz de morderlo. La herida se estaba despertando a base de bien, como si se retorciera. Francisco retiró la mano para agarrarla con fuerza y vio que el perro se acercaba a él con curiosidad, seguido de los otros. ¿Cuántos años debía tener a esas alturas, dieciocho?

Un maldito milagro.

Al borde del desmayo, llorando como lloró aquel día en que su padre quiso obligarlo a matar a su perro, Francisco dijo:

—Ven, amigo. Ojalá pudiéramos...

El disparo vino del frontal de la casa. Atravesó limpiamente el pescuezo del perro oscuro, el macho alfa. El resto de los chuchos echó a correr mientras Ada Negre se acercaba corriendo.

—No... —murmuró Francisco.

Pero los ojos se le fueron hacia arriba mecidos por el cansancio y la pena, y lo último que vio fue la cara de la mujer soldado y el cielo oscuro invadido de estrellas.

«... empezar de nuevo».

Obediencia

Marcos, Pepón, Antonio y Villalba, Dani y Raimundo, lo que podría llamarse la vieja guardia del clan de los Claros, hombres todos que habían servido a Ernesto, el padre del actual jefe, habían distribuido los tres coches por el cruce. Todos llevaban guantes de fino cuero negro. Cuando Raimundo les explicó las órdenes bajo aquel cielo nocturno, algunos cigarrillos encendidos, la chapa caliente de los vehículos evaporando humedad, los hombres se mostraron confusos, pero no hubo protestas iniciales.

Se produjo algo de charla sobre el asunto de Arny, el distribuidor, y hubo algunas risas cuando Dani, que era un buen contador de anécdotas, narró la secuencia completa. Luego hubo silencio mientras se escuchaban disparos que provenían del campo, de las lejanas luces que señalaban la chatarrería en medio de aquel manto de pelusa negra que era la planicie por la noche.

—Chicos, la obediencia ciega es una virtud agradecida en los animales de tiro, pero a veces me miro al espejo y tengo la ilusión de que soy otra cosa —dijo Villalba, el único de ellos que no había cumplido condena. A veces podía ser un tipo repelente, debido a su afición a leer y a ser más listo que los demás, pero también a veces era, en efecto, más listo que los demás—. Es decir, ¿nadie le ha comentado al jefe que lo que ha ordenado es una locura?

Pepón tiró su cigarrillo y lo pisó.

—Francisco ha cambiado nuestro sistema de blanqueo para que nos podamos jubilar todos como señores. No está loco.

—Uno no está loco hasta que lo está —insistió Villalba—. En cualquier caso, allí en medio la gente se está matando y se supone que es exactamente donde está el jefe ahora.

—A lo mejor ha pagado para matar gente y él se está tocando los cojones —dijo Marcos.

Marcos tenía un diente de oro, como si viviera en los setenta del siglo pasado, y lo solía enseñar cuando sonreía, pero en esa ocasión no lo hizo.

—O es el jefe o no es el jefe —resolvió Dani.

Parecía bastante satisfecho con el modo en que había apuntalado que no quedaba otra que obedecer si uno quería seguir perteneciendo a esa banda, pero Raimundo lo contradijo pronto.

—¿Y si el jefe se muere? —Se acarició la perilla, pensativo—. No sabemos dónde está Dominico. ¿Quién se va a encargar de las cosas, el blanqueo y tal?

—Quién va a dirigir el puto negocio, ya que estamos... —apuntó Villalba, que, a pesar de su pedantería, sabía dónde se encontraba su lugar en el mundo.

—¿Estamos teniendo una puta conversación sindicalista? —estalló Pepón—. ¿Es que aquí nadie tiene...

Quizás iba a decir respeto, pero los disparos no cesaban y él mismo chistó, incómodo por la situación, y sacó otro cigarrillo.

—Yo solo digo que podría acercarse alguien a echar un vistazo —dijo Villalba—. Y, por cierto, que parece que no os acordáis... si le hubiésemos hecho caso en todo a Ernesto Claro, a la primera, el clan se habría ido al carajo, y eso no lo podéis negar ninguno.

—Parece que el hijo ha sacado el pronto del padre —concedió Pepón—. Las cosas que el cabrón de Ernesto nos habría mandado hacer si no hubiera estado Dominico ahí...

Hubo otro instante de silencio, pero estaban todos ya mirando en dirección a la chatarrería, allá a lo lejos, donde habían cesado los tiros. Por mucho que los hombres no quisieran confesarlo, por mucho que intercambiaran razonamientos entre ellos, lo único que enfrentaban allí era la inercia de obedecer; dinero fácil como refuerzo positivo, castigo quizá mortal como refuerzo negativo.

Antonio, el único que todavía no había hablado, tiró al suelo una brizna de hierba con la que había estado jugando y se montó con pesadez en el coche.

—Espera —dijo Dani—. No la caguemos. Vamos la mitad, sin coches, y la otra mitad que se quede aquí.

Antonio asintió, y, ya que había provocado un cambio en el estado de las cosas, se sintió lo bastante satisfecho para permanecer

LOS PERROS QUE NADIE QUIERE

en el coche; al fin y al cabo, estaba bien gordo y no le apetecía doblarse un tobillo bajando por aquel sendero. También tenía gruesas bolsas bajo los párpados inferiores; su apariencia era, en sí, un arquetipo mafioso. Villalba a veces lo llamaba, de broma, Luca, e incluso canturreaba la canción *I´m the mob*, de Catatonia, que decía «... *Luca Brasi, ha, he sleeps with the fishes...*»; por supuesto, nadie entendía esa broma.

Quienes se pusieron en camino fueron Raimundo, Dani y el propio Villalba, en silencio y sin linternas, como cuando eran jóvenes y abordaban los acantilados o las playas solitarias para recibir el desembarco de fardos de hachís, décadas atrás.

No se oían más disparos, pero sí ladridos, y un motor que parecía a punto de morir evolucionaba por el exterior de la chatarrería. Estaba tuerto, el coche al que pertenecía el motor.

—Sabéis lo que hay que hacer —dijo Raimundo.

El pedante de Villalba ya tenía el arma en la mano; aquel no era el maldito coche del jefe, desde luego. Ernesto Claro jamás habría conducido un deportivo ostentoso lleno de curvas. Cuando la persona que lo conducía vio, con la luz del único faro, a aquellos tres hombres portando armas, intentó acelerar para atropellarlos, pero el coche no pasaba de los diez kilómetros por hora.

—Coño, es una tía... —se lamentó Dani antes de disparar.

Cuando llegaron a una zona lateral y oscura de la alambrada, para evitar los focos de la entrada principal, un perro salió de la naturaleza muerta de la chatarrería y se lanzó contra la valla como si aquellos tres hombres hubiesen matado a sus crías. Les ladraba, se ponía de manos para patear los hierros, se giraba y volvía a ladrar, hasta que aparecieron otros dos perros que se unieron al salvaje recibimiento.

—Joder —murmuró Villalba.

—Aquí no te puedes colar sin que se enteren —dijo Dani.

No eran los únicos perros del sitio; se escuchaban ladridos en otros puntos de aquella extraña ciudadela.

—De hecho, ya estamos vendidos —dijo Raimundo. Luego se pasó la mano por la nariz y añadió—: Huele a pólvora desde aquí. Voy a llamar al jefe.

Aquello ya comenzaban a ser palabras mayores en términos de desobediencia, pero una vez que se cogía un camino, lo lógico era recorrerlo hasta el final. Los otros dos ignoraron a los perros mientras Raimundo intentaba contactar.

—Apagado o fuera de cobertura.

—¿Tú crees que se lo pueden haber cargado y tener la delicadeza de apagarle el móvil? —preguntó Dani, dando por hecho que la respuesta sería que no.

—Puede haber entrado en una negociación de esas que hay que quitar la batería y que luego la cosa se haya torcido —opinó Villalba—. O que se encuentre en un sótano.

Aquel cabrón sabelotodo.

Raimundo lideró la iniciativa y se encaminó hacia la puerta principal, seguido por los dos hombres y por los tres perros del otro lado de la valla. Luego una pared de neumáticos se puso en el camino de los chuchos y tuvieron que alejarse para intentar encontrarlos más adelante.

Llegaron al doble círculo de luz de la entrada, tan blanca que los insectos atraídos por los focos proyectaban sombras, y buscaron algo parecido a un timbre para llamar. No les hizo falta encontrarlo porque los perros reaparecieron en la luz para hostigarlos, y también una mujer, proveniente de una oficina cercana, con un rifle en las manos.

El coche del jefe estaba allí dentro.

—Esa tiene que ser Krys Rumana —dijo Villalba.

—Y eso es un rifle —respondió Dani para recalcar la obviedad del anterior comentario.

La mujer les dirigió una mirada hostil, pero no alzó el arma y, cuando estuvo plantada a pocos metros de ellos, al otro lado de la puerta, dijo:

—¿Hombres de Francisco Claro?

—Sí —respondió Raimundo.

—Locura, todo locura.

Y sacó un manojo de llaves para abrir el portón corredizo.

—¡Espera, espera! —advirtió Dani mientras ponía las manos en la puerta—. Los perros, coño, que nos vamos a tener que liar a tiros.

La mujer miró a los hombres con satisfecha superioridad. Luego dirigió la vista a los animales. No chistó ni hizo gesto alguno, pero de algún modo consiguió que se plantasen, sumisos, sobre los cuartos traseros. Ladeó la cabeza y los perros se levantaron y se largaron sin soltar un ladrido.

Aquello era lo más impresionante que Dani había visto en su puta y atribulada vida. La reacción de sus compañeros era igual de sorprendida y silenciosa, los ojos más abiertos de lo que seguramente habían deseado; la sensación flotando en el ambiente de no saber dónde se metían, quedó reforzada por aquel espectáculo de obediencia canina que parecía magia.

La mujer abrió la puerta lo justo para dejarlos pasar y volvió a cerrarla tras ellos. Entonces se acercó un hombre que tenía la nariz cubierta con apósitos y preguntó:

—¿Quiénes son, Krys?

—Amigos, puede —respondió esta.

Y también apareció del lado opuesto un hombre de cuello y hombros fuertes, que andaba con un niño bajo su brazo protector. Ambos estaban sudorosos.

—No ha amanecido todavía —espetó el hombre—. ¡Es de noche!

—¿Y qué si es de noche, cojones? —saltó Villalba, que se había dejado los modales unos metros atrás, unos minutos atrás—. ¿Pero qué mierda os pasa a todos?

—¿Dónde está Francisco? —exigió Raimundo.

Mientras la mujer señalaba al centro de la chatarrería, desde allí llegó una voz fuerte de mujer que gritaba:

—¡Ayuda! ¡Krys, ayúdame!

Ninguno de los tres hombres tenía ni idea de quién era la mujer que pedía ayuda a gritos, pero habían abrazado la necesidad de improvisar y actuar por su cuenta desde el mismo momento en que decidieron desobedecer las órdenes del jefe. Corrieron hacia el lugar del que habían provenido aquellos gritos y, a los pocos segundos, fueron seguidos por el gitano de cuello fuerte, que llevaba una escopeta gastada y un manojo de llaves. El hombre los acabó adelantando y, guiados por él, atravesaron una puerta, dejando atrás estanterías enormes de piezas de coche, coches desguazados, neumáticos gigantescos y perros que se quitaban de en medio a su paso sin dejar de ladrarles.

El gitano les hizo un gesto para que bajasen el ritmo cuando se acercaron a una segunda puerta, que daba a una zona más iluminada. Primero se asomó y, cuando se giró hacia ellos, parecía realmente impresionado, los labios apretados como una línea, pero hizo un gesto afirmativo para que pasaran con él.

Accedieron a las inmediaciones de aquella casa cuya existencia solo podía conocerse cruzando un laberinto. Entonces Dani se dio cuenta de que había pertenecido a una capa superficial del mundo del crimen, no demasiado lejana de la vida de un civil, y que en capas inferiores había un universo de posibilidades medievales, infernales, también invisibles desde fuera. Sobre la grava que rodeaba aquella casa se había producido una matanza.

Daniel Serrano había matado personas, pero jamás había visto una batalla campal, un escenario de cuerpos muertos donde no quedaba nadie para tirar a nadie a ninguna bahía. Olía a sangre como un edificio por construir olía a cemento.

Había una puta cabeza cercenada, un tipo casi cortado por la mitad a balazos, un hijo de puta con medio cráneo reventado y la mitad de un par de gafas de sol aún puestas.

Luces de jardín repartidas por la grava.

Solo una mujer viva en mitad de todo aquello, de rodillas, practicaba la reacción cardiovascular a Francisco Claro.

El único que reaccionó fue Villalba, que se inclinó para vomitar, y una vez hecho esto, se pasó la manga por los labios y dijo:

—¿Ada Negre? ¿La del asunto de Gibraltar?

La mujer asintió y siguió con los empujones sobre el plexo solar del jefe. Raimundo dio una carrera hacia allí. Cayó con una rodilla en tierra, presto para tomarle el pulso y buscar la herida que lo había tumbado.

Dani notaba las piernas desprovistas de huesos, pero no podía quedarse quieto más tiempo; era un puñetero veterano del clan. Se acercó a la maraña de cuerpos que habían quedado tendidos entre explosiones de carne y sangre junto a la pared trasera de la casa. Allí había algunos chavales con el torso desnudo.

Identificó de inmediato a Domingo Fossati, se acuclilló junto a él para alejarlo de la melé de muertos y, cogiéndolo por las axilas, dijo:

—Qué desastre, joder...

Villalba se dirigió al gitano. Iba dos o tres pasos mentales adelantado a todos los demás y ya había pensado en lo que haría falta en los siguientes minutos, en el resto de la noche.

—Tenemos que llegar a un acuerdo económico —dijo con su consabida petulancia—. Dile a tu jefa que venga.

El hombre obedeció. Una vez que se hubo marchado, y mientras contemplaba la magnitud del desastre, Villalba sacó el teléfono y marcó el número de Antonio, en cuya frialdad confiaba.

—Traed los coches —dijo—. Y, por el camino, vais llamando a un médico de confianza.

Una espía impredecible

Cuando el médico de confianza llegó, Domi seguía vivo, y también Francisco Claro, y todos los demás habían muerto: doce varones, entre hombres y chavales, y la mujer ejecutada en el camino de salida. Despejaron dos mesas del taller que había dentro de la oficina y las esterilizaron lo mejor que se pudo, pero Domingo Fossati llevaba dos tajos feos de machete y un balazo que le había atravesado la escápula izquierda, con salida en el vientre, y no sobrevivió más de una hora.

Francisco había perdido sangre, tenía restos del móvil clavados en la cadera y la bala se había quedado alojada en la musculatura entre el glúteo y el comienzo de la pierna. La otra le había atravesado superficialmente el tríceps, de modo que casi parecía una cucharada, un bocado de tortuga.

Mientras el médico, cetrino, malencarado y concienzudo, lo atendía e improvisaba una percha para el gotero, las máquinas de la chatarrería funcionaban a pleno rendimiento para triturar vehículos y procesar cadáveres, para fabricar cubos de carne y hierro. De vez en cuando aparecía un perro que todavía no había sido devuelto a la perrera, y ladraba hasta que alguno de los trabajadores del sitio aparecía con alguna chuche y se lo llevaba de vuelta al redil. Nunca era la típica escena de un perro que se muestra peligroso, pero en verdad no lo es; cuando el animal no obedecía a la primera, sobre todo si gruñía con agresividad, los gitanos se retiraban y llamaban a Krys Rumana para que lo domeñara con su presencia.

La gente del clan de los Claros acabó acostumbrándose a esa demostración que no parecía natural; al fin y al cabo, si algo tenían en común las vidas de todos los que habían observado algún fenómeno inexplicable, era que dichas vidas, al día siguiente, debían seguir exactamente como el día anterior.

Mientras Josué esperaba a que alguien llegase para recogerlo, en prevención de que pudiera aparecer la policía y la situación se complicase, Ada Negre permaneció todo el rato sentada junto a él en los escalones de la oficina. Había dejado en el suelo, como si tal cosa, la bolsa de deporte que encontró dentro de la casa de las lámparas de lava, donde había al menos veinte mil euros; todo el mundo allí había asumido que la bolsa era suya y, hasta entonces, nadie se había atrevido a preguntarle nada al respecto.

El niño le pidió que le enseñara a liar un cigarrillo y Ada se negó. Luego le pidió que le enseñase a desmontar una pistola, y Ada se negó también, con el alivio de comprobar que se trataba de algo que aún no había aprendido, a pesar del ambiente en el que se estaba criando.

En cambio, le enseñó todos los usos de la herramienta de zapador que había utilizado para cortar el alambre de la valla y colarse allí. Con aquel cacharro no necesitaría una caja de herramientas en su vida, y casi cabía en una mano. Cuando llegó en moto un primo suyo de dieciséis años, Ada le regaló la herramienta. Josué le dio un abrazo y rompió a llorar.

—¿Vas a volver? —le preguntó.

El niño quería a su familia, pero se sentía desamparado con ella. Se le cruzó la idea de regalarle también la bolsa con el dinero, pero aquella parecía una de esas buenas intenciones de las que estaba empedrado el infierno, y con toda seguridad iba a ocasionar a Josué más complicaciones que otra cosa.

—No lo creo —respondió Ada. Respecto a ese niño, no conseguía mantener dormido su maltratado don de la empatía, y quizá por eso se veía incapaz de mentirle—. Tú estudia mucho. Dan dinero por estudiar, becas, y puedes ir a sitios. Vivir en otro sitio.

El niño se limpió los ojos, se sorbió los mocos y asintió, serio. Luego se montó en la moto de su primo para largarse con él. Ada sentía pena por él y también un poco por sí misma; si su mundo, hasta la fecha, hubiese sido un poco más gitano, su destino habría sido distinto porque esa gente, de un modo u otro, nunca abandonaba a nadie; ni a los perros.

El tipo con pinta de boxeador había vuelto de cerrar el camino que unía la comarcal y la chatarrería con una señal de obra. Cuan-

LOS PERROS QUE NADIE QUIERE

do la moto pasó por su lado saludó a su sobrino con la mano y con una sonrisa enorme, muy blanca. Luego se giró, ceñudo, agotado como estaba, y se sentó en los escalones junto a ella.

—Yo que tú me piraba —le dijo—. No eres de los nuestros, ni de ellos.

Ada se dio cuenta de que habían aparecido otros gitanos por allí, para ayudar, pero más posiblemente para igualar los números si la cosa se ponía fea. Llevaban navajas grandes en los cinturones, y, algunos, escopetas de cañones recortados.

—No eres muy diplomático —apuntó Ada.

—Todo el mundo te tiene *jindama* —insistió el hombre. Se atrevió a mirarla bajo aquellas cejas endurecidas—. ¿Te tienes que quedar?

—Tengo que cobrar.

El hombre asintió. El otro, al que Ada le había roto la nariz, estaba cerca, esperando para que lo acompañase a currar, porque la jornada no había terminado, aunque estuviese amaneciendo.

—Gracias por salvar a mi sobrinico —dijo el gitano—. Que Dios te bendiga grandemente.

Ada le apretó la rodilla como agradecimiento y le hizo un gesto para que la dejara sola, para que no siguiera intentando, aunque fuese con su presencia, protegerla.

Y se quedó sola.

¿Sería el momento de rendir cuentas ante Mateo Duncan? En el bolsillo seguía teniendo el móvil de Arman, al que le podía dar alguna utilidad si se veía en la necesidad de negociar.

El tipo con perilla del clan de los Claros, Raimundo, apareció junto a ella.

—¿Cómo está? —preguntó Ada.

Raimundo la miró unos segundos, valorándola. Luego negó, como si todo lo que la rodeaba fuese atractivo y, al mismo tiempo, difícil de creer.

—Explícamelo de nuevo —dijo el hombre—. Despacio.

—Estoy trabajando para Francisco Claro desde hace tres días. Si el chaval, Domingo, ha muerto ahí dentro, solo quedan dos personas que te lo puedan confirmar: el Venicio y Robe, el abogado que vino conmigo al peñón.

—¿Y el jefe también te pidió que hicieras... eso? —abarcó con la mano el interior de la ciudadela de goma y chatarra.

—La cosa se fue dando así.

—La cosa se fue dando así. —Raimundo soltó una risa que sonaba más bien desquiciada. De la oficina salió fumando el tipo con las greñas quemadas por el sol al que llamaban Dani. Mientras ofrecía un cigarrillo a Ada, y esta aceptaba, Raimundo siguió—: No sabes si el jefe quiere que nos cuentes más, lo entiendo, pero tengo a mi gente nerviosa de cojones. Tengo a un tío como un trinquete llamado Pepón que se ha tenido que tomar cuatro ansiolíticos cuando ha visto la puta masacre de ahí atrás, y también me parece que el jefe no está ahora mismo muy centrado. Y no sé qué ha pasado con uno de nuestros hombres. Joder, el mejor de nosotros, el padre de Domi. Y tengo que saber para dónde tirar.

Ada fumó. Había mantenido la vista en el suelo mientras lo escuchaba. Francisco Claro la había contratado para seguir a Domingo Fossati, y para todo lo demás, porque no podía fiarse de la gente de su organización. Si los dos que tenía delante eran traidores, su objetivo sería averiguar cuánto había averiguado Ada. Peligroso.

Francisco Claro, el tipo que todavía le tenía que pagar un cuarto de millón de euros, quizás se encontraba indefenso en manos de su banda.

Ada se encogió de hombros y miró a los dos hombres.

—El jefe no me paga para que hable contigo.

Luego se levantó. Estaba segura de que ninguno de los tipos había querido dar un paso atrás, pero lo hicieron, y sacaron las armas. Ni siquiera les dirigió una mirada de desdén, sino que les dio la espalda y puso las manos atrás.

—¿Queréis esposarme?

Debería sentir el vello erizándose por el miedo a que le abrieran un agujero en la nuca, pero, quizá por el cansancio de esa noche, quizá por el cansancio de los últimos diez años, lo que se le pasó por la cabeza fue que ya no le daba tiempo de ir al reconocimiento médico.

Y que era un coñazo conseguir cambiar la cita.

—A mí también me gustan las ganzúas —dijo Raimundo—. Y he visto otras muñequeras como esas que me llevas.

Eso sí la hizo sonreír. La muñequera de la mano derecha ocultaba el cable para degollar que había supuesto la ruina del mercenario kazajo. La de la izquierda escondía un juego de herramientas para abrir esposas y cerraduras. Volvió a girarse. Los hombres mantenían el arma en la mano, aunque apuntando al suelo.

—Déjalo —dijo Dani, dirigiéndose a su compañero—. Voy a La Maquinita a por las llaves del piso de Dominico, a ver qué me encuentro allí.

Ada frunció el ceño muy levemente. Sintió el impulso de detenerlo, por si era un traidor y pensaba tramar algo, pero debía reconocer que la falta de sueño podía estar nublando su juicio. ¿Tramar qué? Todo el mundo allí tenía un móvil para avisar de cualquier cosa a cualquiera.

Y en unas horas cada uno tiraría para donde le diera la gana.

Raimundo le dio a Dani una palmada en la espalda como despedida.

—El señor Claro está despierto —dijo una voz desde la puerta.

El médico de confianza, con la camisa remangada y las gafas subidas hasta la frente, se secaba la cara y los antebrazos con un trapo grande y no muy nuevo.

—¡Coño! —exclamó Dani.

Fue hacia la oficina. Raimundo indicó a Ada, con el arma, que hiciera lo mismo, delante de él. La mujer obedeció, poniendo cuidado en no dirigir ninguna mirada a la bolsa del dinero, para que siguiera pasando tan desapercibida como hasta ese momento.

En la recepción, donde se ubicaba la zona protegida con cristal había un tercer hombre, sentado en una silla, un diente de oro y la cara surcada por profundas líneas de expresión. Se incorporó en cuando vio entrar a Ada y le hizo un gesto para que levantara los brazos, con el objeto de cachearla. Ella sacó la pistola y se la puso en las manos. Se sacó las navajas tácticas de las botas y también se las entregó. Luego dijo:

—No me pones un dedo encima aunque cures el cáncer.

Luego miró a Krys Rumana, que permanecía en el receptáculo a prueba de balas. Ambas mujeres, sin necesidad de ponerse de acuerdo, habían guardado un testarudo silencio sobre lo ocurrido esa noche. A Ada le era imposible fiarse de ella, ya que había visto el cinismo y el ventajismo cruel que se ocultaban tras su fachada de mujer trabajadora y servicial, pero también le era imposible no reconocer a una igual en ella.

Escorpiones acorazados.

La saludó con una inclinación de cabeza y entró en el taller, seguida por Raimundo.

Francisco Claro los sorprendió a todos, porque estaba sentado en una silla de oficina, enchufado a un gotero, pálido y tapado por un par de mantas en las piernas y los hombros, pero con la mirada de alguien que se ha tomado un café muy fuerte después de despertarse; quizás uno remachado con coñac.

Era un tipo musculoso, con el cuerpo depilado y un tatuaje bajo las clavículas que siempre permanecía oculto, unas letras gruesas y sólidas: DEUS EX MACHINA.

A pesar de su gesto concentrado, de su aparente fortaleza recuperada, bajaban lágrimas por su rostro hacia el cuello, hacia el tatuaje.

En una de las mesas había un cuerpo cubierto por una sábana, y a través de la sábana se filtraban manchas de sangre.

—Jefe, ¿tú estás bien? —preguntó Dani, sin poder apartar la vista de aquella mesa.

—Yo qué coño voy a estar bien. Lo que pasa es que estoy despierto y me aburría.

Raimundo soltó una carcajada y negó. Ada también sonrió. Tuvo un primer impulso de borrar su sonrisa cuando se dio cuenta, ya que los vínculos emocionales no eran lo más recomendable en una posición como la suya, pero aquel tipo y ella habían pasado por algunas cosas en muy poco tiempo, acababan de salir del séptimo círculo del infierno, y aún le cabía un hueco en el corazón para respetar eso.

—¿Necesitas algo? —preguntó Dani. De inmediato le pudo la urgencia y añadió—: ¿Qué pasa con Dominico?

Francisco quiso hinchar los carrillos para luego soltar el aire, pero le supuso demasiado esfuerzo y al final quedó en una especie de suspiro. Señaló el cuerpo con la barbilla.

—Domingo está muerto, y su padre también.

Raimundo cerró los ojos con la pesadez que aporta el cumplimiento de las peores sospechas. Dani, una mano tapándose la boca, usó la otra para destapar una esquina de la sábana. Soltó un gruñido como si hubiese sentido dolor físico.

—¿Dominico también? —preguntó.

—Sí. Está en su piso.

—¿Ha sido alguno de estos dos? —preguntó Ada.

Y lo hizo como si se encontrase en disposición de cumplir alguna orden que tuviera que ver con darles su merecido. Los hombres se tensaron y la miraron con una indignación que era la antesala de la violencia, pero la tranquilidad de ella, y que Francisco se mantuviera imperturbable, les hizo quedarse sin otra reacción más que el apuro.

—¿Qué cojones dices, niña? —le espetó Dani.

Francisco levantó la mano del brazo sano para calmarlos, aunque incluso eso pareció dolerle. Luego dijo:

—A Dominico lo ha matado el contratista, Carlos, y posiblemente una tía que le ayuda en cuestiones de seguridad. Se llama Diana. Carlos lleva más de veinte años haciendo trabajos para la familia. Estoy seguro de que conocía a esos cabrones y los avisó de que yo quería tirar el chalé y construir otra cosa. Por eso me llegó una oferta para comprar el terreno y por eso insistieron tanto. Carlos los avisó. Allí dentro hay algo que quieren... —Se detuvo unos segundos, necesitado de recobrar la respiración. Cuando continuó, su voz estaba más ronca, seguramente porque aguantaba la tensión del llanto—. Me han tendido una trampa para convencerme de que son tan poderosos que solo puedo rendirme, servirles y darles todo lo que quieran. Primero le tendieron la trampa a Domi, el pobre hijo de puta. Lo tentaron con cebo, porque era un animal.

—Jefe... —se escandalizó Raimundo, teniendo en cuenta que el cuerpo del chaval estaba presente y enfriándose.

—¡Era un animal! Nosotros lo hicimos un animal. Mi padre me quería hacer un animal y, bueno, lo hizo bien. Eso nunca falla.

Enderezar a un niño es la hostia de difícil, pero desgraciarlo se hace con una cerveza en la mano y la otra en el mando a distancia, no te digo nada si encima le pones empeño. Somos una puta factoría de desgraciar chavales.

La última frase le salió casi sin voz. Dani se acercó a un fregadero que había por allí y le llenó un vaso de agua. Francisco negó.

—Le habrá dicho el médico que no puede ingerir nada —apuntó Raimundo. Luego se metió las manos en los bolsillos—. Jefe... no entiendo una mierda.

Francisco Claro asintió con benevolencia; era comprensible que sus hombres no entendiesen una mierda. De hecho, solo ese desconocimiento le proporcionaba alguna tranquilidad.

—Quiero tener a esos dos, a Carlos y la chica de seguridad, encerrados en La Maquinita lo antes posible. —Luego señaló a Ada. Su voz era ya de arena—. ¿Por qué mataste al perro?

Ada tardó unos segundos en entender a qué se refería. Luego abrió la boca, se pensó las palabras, ladeó la cabeza para intentar ver la perspectiva desde la que el jefe veía el asunto.

—Estabas rodeados de perros asesinos, Francisco —dijo—. A mí tampoco me gustó tener que hacerlo.

El rostro del hombre se transfiguró, se derrumbó, rompió a llorar para mayor dolor de sus heridas a pesar de que en esa habitación no iba a encontrar ningún consuelo, ninguna comprensión.

—No tenía la culpa... —acertó a quejarse. Ada iba a responderle que lo sabía, que ninguno de aquellos perros tenía la culpa, pero Francisco dijo antes—: La culpa fue mía.

Y se cubrió el rostro con la mano sana, quizás avergonzando de que sus hombres lo viesen llorar como un crío de quince años.

Ada fue excusada de mayores obligaciones y se le permitió largarse, sin preocupaciones sobre pruebas o indicios que hubiese dejado a su paso; todo quedaría destruido, reciclado.

El pago por su trabajo se sustanciaría a la mayor brevedad, en cuanto el jefe hubiese ordenado algunas cosas. Tal como se había desarrollado la noche, Ada no tenía por seguro que acabase viviendo para cobrar aquel dinero, pero al menos tenía la bolsa robada en la casa de las lámparas de lava. Atravesó el campo con la modesta Kawasaki KLX a sabiendas de que no podía detenerse en ningún sitio a lavarse la cara y las manos, ensangrentadas, ni mucho menos a tomarse un café.

Lo que sí hizo fue parar en el mismo lugar en el que se había encontrado con Mateo Duncan para que le facilitara unas matrículas falsas, y las desatornilló. Si allí había escondido un rastreador, estaba cojonudamente disimulado. Quizá fuese cierto que se lo habían colocado en la moto. Quizá les ponían un puto chip rastreador a todos los soldados cuando los vacunaban antes de ir a la guerra.

Tiró las matrículas falsas entre los arbustos y siguió camino hasta Tarifa. Había huellas que no podían borrarse de cualquier manera.

El sueño intentaba agarrarla por la espalda como una bestia asesina, pero el viento de la carretera lo mantenía a medio metro, a un palmo, a metro y medio. Estaba físicamente destruida una vez que la adrenalina había abandonado su cuerpo horas atrás y dejado las arterias como bolsas vacías. Sentía que aquella cabalgada en dirección al *camping* de Tarifa era mucho más peligrosa que cualquier cosa que hubiese hecho la noche anterior.

«Y no me estrellaré contra un quitamiedos de una puta vez...».

Hasta que el paisaje se volvió familiar y el tiempo se acortó y se encontró, aliviada, aparcando la moto frente al bungaló que era su casa. Y la del CNI, por lo que parecía.

Mateo Duncan, de nuevo, la esperaba sentado en el sofá.

—Hay mejores maneras de acabar con una secta —le dijo.

—Lo sé.

Ada tiró el casco de la moto al suelo, también la bolsa llena de pasta, y se apoyó en la pared, junto a la puerta, sin poner ningún empeño en disimular su agotamiento.

—Y no has acabado con ella ni de coña.

—Ya.

El agente soltó el aire por la nariz, domesticando su enfado, los labios tensos y fruncidos como la cremallera de una maleta a punto de reventar.

—¿Qué ha pasado ahí dentro, Ada?

Ella se dejó caer por la pared hasta sentarse. Ya no había fuego en sus ojos, pero sí un vacío desolador ante el que era difícil mantener la mirada.

—He salvado a un niño, creo.

—Has salvado a un niño. —Mateo asintió, pero aquello no disolvió la tensión de su gesto. Sin embargo, apartó la vista hacia la pequeña ventana del bungaló, hacia los árboles de fuera—. ¿Por qué ha empezado esta guerra, Ada Negre?

Ella parpadeó con demasiada parsimonia, al borde de quedarse dormida. Sacudió la cabeza para espabilarse y consiguió bostezar.

—Cadáveres en el armario —dijo—. El padre de Francisco Claro debía de tener un montón de cadáveres en el armario que no eran suyos, y alguien quería cambiarlos de sitio antes de que los descubriesen los obreros.

—Lógico. ¿Y no lo pudieron comprar?

—Lo quisieron comprar entero. Creo que ese fue el problema. Y que pensaron que era igual que su padre.

—¿Y no lo es?

Ada se encogió de hombros. Podría haber dicho lo primero que se le pasó por la cabeza, que Francisco no era una máquina, sino el dios detrás de la máquina, pero se dio cuenta de que era una tontería producto del sueño.

Lo que hizo fue sacar el móvil de Arman e impulsarlo por el suelo para que el agente lo cogiera.

—De ahí podrás sacar más cosas. Pertenecía a uno de ellos, a uno al que yo maté. Francisco le cortó la cabeza para negociar.

Mateo enarcó las cejas. Luego sacudió el teléfono como todo agradecimiento y se levantó con resolución. Se arregló los pantalones.

—Tienes madera para este trabajo, Ada —dijo—. Estás como una puta cabra. Seguiremos en contacto.

Y se largó de allí.

Cuando cerró la puerta, Ada dejó caer la cabeza. Antes de dormirse, susurró:

—Te dije que no volvieras a colarte en mi casa.

Ser jefe

«¿Estás seguro de que quieres tener un perro?», le había preguntado una vez su padre. Tardó en comprender que con aquella pregunta debía haber visualizado el global de las consecuencias, que su padre, a su retorcida manera, lo estaba preparando para tener poder, para ser el jefe de otros hombres.

El problema de ser jefe radicaba, principalmente, en que siempre había que decidir alguna cosa. Incluso cuando permitía que otro decidiera por él, Francisco Claro estaba tomando una decisión. Y debía decidir independientemente de su estado de ánimo, hartazgo, de lo alto que aullasen los demonios de su juventud y la abrumadora e inesperada pena que sintiese por un perro que una vez fue su amigo.

El oasis suizo que había sido la chatarrería de la infame Krys Rumana se había derrumbado, y aunque Francisco nunca antes hubiese usado sus servicios, al encontrarse en su territorio, debía ocuparse de ello. También debía decidir qué hacer con Carlos, el contratista, y la chica que ponía cámaras en sitios para luego clavar un cuchillo por la espalda al pagador.

Y sobre La Maquinita.

Y sobre la organización que, al parecer, primero había intentado comprar la finca y luego comprarlo a él por entero, sus recursos, su cuerpo y su alma.

Y sobre Ivan Sokolov.

Y sobre Ada Negre.

Francisco había pedido que colocaran la silla de ruedas frente al chalé por derruir. Todo el vallado exterior estaba cubierto con lona azul que formaba una barrera visual de tres metros de alto. La casa había sido despojada de cualquier detalle de habitabilidad; era una carcasa. Los esqueletos de los edificios funcionaban al contrario que los esqueletos de los seres humanos. Se parecían mucho más a los caparazones de insectos o crustáceos.

Era difícil averiguar cuándo un escarabajo estaba muerto o relleno de veneno o infectado por hongos; tenías que mirar en su interior. El problema de mirar dentro de un caparazón consistía en que primero tenías que abrirlo y siempre se liberaban los males interiores antes de poder cerrarlo de vuelta.

Aspiró hondo para buscar el relajante olor de los pinos que no quiso arrancar, pero lo que entró por sus narices fue la pastosidad del cemento, de la tierra levantada y de los recuerdos lanzados al sabotaje.

A su lado, Raimundo esperaba, mientras Dani y el listo Villalba permanecían dentro con los invitados. Villalba no caía bien a los otros hombres, pero había organizado la desaparición de cadáveres y vehículos, la limpieza del domicilio de Dominico, había dirigido las relaciones con el clan gitano de la chatarrería y todo lo que uno podía esperarse de un lugarteniente. Pero lo que había que enfrentar a partir de ese día no era algo que pudiese decidir Villalba, sino él, y lo más dramático era que nadie estaba más tocado del coco en ese momento que Francisco Claro. Sus hombres se habían asomado al torbellino del caos, pero no habían tragado tonelada y media, como él. No habían tenido que aserrar un cuello.

El mundo era un sitio mucho más jodido que su mundo, y su clan era más pequeño y débil de lo que pensaba; sobre un mar de corrientes sordas, ciegas y hambrientas, flotaban en espiral mundos que parecían estables, pero que chocaban entre sí en conflictos que nada tenían que ver con la estabilidad.

Francisco tenía que sumergirse en todo aquello y rescatarse a sí mismo.

—Vamos —dijo.

Raimundo comenzó a empujar la silla entre hormigoneras, sacos de cemento tapados con lona, carretillas y zigurats de ladrillo, hasta la cáscara vacía de la casa. Lo primero que debía decidir Francisco era si había ganado aquella guerra; la respuesta, no por obvia era menos difícil de aceptar: no era una guerra que pudiera ganarse.

Era una guerra contra la puta gripe.

Sintió la tentación de pedir consejo a Sokolov, pero, ¿qué le garantizaba que el viejo amigo de su padre supiera lo que convenía, mejor que él mismo? Solo sabía de KGB que era alguien de fiar, porque su advertencia fue la que lo puso en la pista adecuada para adelantarse a lo que estaba sucediendo. Si algo podía afirmarse de Ivan Sokolov era que no pertenecía a la organización a la que habían pertenecido su padre y el mercenario Arman.

Sin embargo, eso no le confería mayor clarividencia.

La silla de ruedas de vez en cuando encontraba pequeños obstáculos insalvables como piedrecillas o maderas. La herida de la cadera le dolía más que la del brazo. Había pocas cosas más acuciantes para su instinto que acabar con aquello, volver a casa y ponerse hasta el culo de Nolotil.

Más tarde.

También llamaría a Sokolov más tarde.

Entraron en la casa vacía, la atravesaron en silencio y llegaron hasta aquel salón que una vez le estuvo prohibido, donde Ernesto Claro había sido anfitrión de fiestas más infames que el negocio de Krys Rumana, cien veces peores. El tiempo, el uso y el descuido habían arruinado los símbolos que un día adornaron aquel parqué.

Sus hombres habían sentado a Carlos y Diana en sillas pequeñas de madera y metal, aunque ninguno de los dos estaba maniatado ni amordazado. Francisco había especificado que no se les tratase como si fueran peligrosos.

Raimundo detuvo la silla de ruedas a tres metros de los dos prisioneros y se situó junto a su jefe, las manos cruzadas al frente. Dani y Villalba estaban a la espalda de Carlos y de la chica de seguridad, donde se sitúan los verdugos. La noche de la matanza, en cuanto Francisco se dio cuenta de que solo ellos podían haber matado a Dominico, usando la llave que ya habían usado para colocar cámaras en su piso, había reventado el pinganillo de la oreja y el micrófono por si le estaban espiando a través de él. Más adelante se dio cuenta de que, si hubieran podido hacer eso, habrían descubierto que Ada Negre estaba infiltrada en la chatarrería.

Eran buenos, pero no tanto.

—Cuando te sientes a comer con el diablo, lleva una cuchara grande —dijo Francisco Claro—. Vamos al grano. ¿Qué necesitaba tu gente? ¿Que yo no levantara este suelo y no averiguara qué hay debajo? ¿Es un templo o alguna mierda así? ¿Lo quieren relleno de cemento o lo quieren para seguir follando, matando y leyendo salmos?

Carlos bajó la cabeza. Fue Diana quien habló con la misma tranquilidad con que le había explicado, tres días atrás, cuál era el sistema de escucha que más le convenía.

—Eso no es asunto tuyo.

La joven quería parecer confiada, olvidada su timidez. Aquellos ojos pequeños se intentaban burlar agresivamente de Francisco. Los labios pintados de morado se fruncían para contener emociones.

—Que no es… —Francisco se rio. Miró a Raimundo, porque ya sacaba el arma, pero le pidió con una mano que la guardase. Luego clavó la vista en Diana; recordaba que aquella chica le había dado malas vibraciones cuando se entrevistó con ella; al tenerla de nuevo allí delante sentía algo parecido a la piedad, como la que se siente por un gato con la columna rota, por alguien que ha sido engañado para defender una caja llena de mierda; como la que sentía por Domingo Fossati—. Esto no es un interrogatorio para sacaros información. Esto es una conversación de paz. He ganado un asalto, pero a ninguno nos interesa el segundo. ¿Qué queréis?

—No es asunto tuyo —repitió la joven—. Sométete y todo irá bien.

Carlos levantó la cabeza para mirar a Diana y dijo:

—Cállate de una puta vez. Estás hablando con Francisco Claro.

—Un gusano —respondió ella.

El contratista se encogió de hombros y miró a Francisco.

—¿Qué te puedo decir? La gente joven…

—Llevas mucho tiempo trabajando para mi familia, y para mí. Me has traicionado.

—Tu padre me ordenó que te mantuviera lejos de esto, Francisco, y yo lo intenté, pero ha sido imposible.

—No quiero saber una mierda sobre mi padre. Dime qué quieren los del anillo con la piedra roja.

—Lo que hay debajo de este suelo, yo lo construí, es un templo. Quieren el templo y las pruebas.

—Bien, el templo y las pruebas. Pero eso es imposible, Carlos. Tú se lo dirás, ¿verdad? En esta vida no podemos tener todo lo que queremos. Diles que sumergiré su templo en cemento y que eso destruirá las pruebas.

Hizo un gesto a Dani. Este se acercó a Diana y le pegó un tiro en la nuca. La detonación provocó que los oídos de Francisco pitaran con dolor y que su corazón de desbocara; demasiados disparos en los últimos días; demasiados juguetes rotos.

Carlos se levantó sobresaltado de la silla mientras el cuerpo de la joven se derrumbaba hacia delante.

—¡Hija de puta! —ladró Dani.

Sin duda tenía en mente a su viejo compañero Dominico.

—Destruiré las pruebas —siguió Francisco, el tono más grueso de lo que habría pretendido, entre dientes, seco. Luego señaló el cuerpo de Diana—. Incluida esa. Pero no tendrán nada más, no tendrán mi casa y no podrán entrar en mi territorio y no podrán acercarse a nadie de mi clan. Tú te encargarás del cemento y, cuando termines, te largas… y que no vuelva a verte. ¡Que no vuelva a verte!

—Francisco…

—No he terminado —su voz era el susurro de un cáncer—. Este sitio es una vergüenza y hasta los perros muerden a sus amos. Yo no voy a poder vivir aquí. Por eso, por la gente que han matado y por destruir las pruebas que tanto les joden, me van a pagar cinco millones de euros. Si no lo hacen, iré a por ellos, con las armas y con lo que haya debajo de este suelo. Y si quieren negociar el precio, diles que vengan. Pero esta vez, que traigan una cuchara más grande.

Salieron de la finca. Las higueras se movían por efecto de un levante recién llegado, y los pinos se frotaban entre sí, los plásticos se ponían nerviosos y el polvo se avivaba. Fue como si hubiera corrido la voz de que la finca estaba destinada al abandono, y la naturaleza y el derrumbe quisieran celebrarlo.

Francisco Claro se negó a mirar atrás.

Raimundo lo ayudó a colocarse en el asiento trasero del coche y luego se fue a ocupar el del piloto. Francisco había decidido, otra decisión, emparejar un tiempo a Villalba y Dani; la confianza en circuitos cerrados era un sitio demasiado bueno para que creciese la traición. Además, Dani tenía que aprender, si no era demasiado tarde, a respetar y ganarse el respeto de alguien más listo y mucho más antipático que él mismo.

Antes que arrancaran, Villalba llegó al coche dando una pequeña carrera. Tras él, Marcos y Antonio se dirigían al interior de la casa para ocuparse del cadáver. Francisco bajó la ventanilla del coche. Villalba apoyó los antebrazos en el marco para hablar.

—Jefe, con todo el respeto...

—Sí, estoy seguro —se anticipó Francisco—. No quiero saber lo que hay debajo de ese suelo. No necesito esa mierda.

—Pero lo podrías usar para...

Raimundo miró atrás. Villalba frunció el ceño, dio una palmada a la carrocería del coche y se retiró; él también debía aprender un par de cosas acerca de no intentar tener siempre la última palabra. En ese momento, Francisco los veía de un modo en que nunca los había visto: niños que un día quisieron ser otra cosa y que al final se habían convertido en mafiosos. Pero el niño seguía ahí, sintiéndose a veces demasiado pequeño, pensando a veces que quizá, de mayor, podría ser otra cosa.

Arquitecto.

—¿Te puedo decir algo, jefe? —preguntó Raimundo mientras arrancaba el motor.

—Siempre.

—Tendrías que fichar a Ada Negre. Yo me sentiría más seguro.

Metió primera y dio marcha atrás, con mucha más calma con la que lo había hecho Domingo Fossati hacía menos de una semana, también para sacar a su jefe de allí, conduciendo un vehículo que proporcionaba la seguridad de un dragón.

Pepón los seguía en otro coche, por seguridad, acompañado de uno de los camellos más fiables de los que controlaba Dani, al que habían ascendido de categoría y puesto un arma en la mano para empezar a completar vacantes.

—No creo que quiera. Le tengo que pagar una cantidad indecente de dinero por lo que hizo el otro día, y una vez que le has pagado a alguien mucho dinero, ya no acepta una nómina.

—Inténtalo. ¿No me dijiste que buscaba estabilidad?

Francisco reclinó la cabeza y cerró los ojos. No tenía ganas de intentar nada. Seguía enfocado en el Nolotil que le aguardaba cuando llegase a su domicilio. De súbito le asaltó la imagen, y la sensación física, de estar aserrando un cuello. Se incorporó de inmediato a costa de un pinchazo terrible en la cadera.

Por esas cosas su padre una vez contrató a un tipo llamado Cabezahueca, alguien que no era estrictamente humano, para ejecutar un trabajo impropio de seres humanos.

¿Lo era Ada Negre?

¿Tenía remordimientos como él, se le daba la vuelta el estómago cuando le venían recuerdos de la matanza? Él, tan solo por haber disparado al vientre de un hombre hasta casi partirlo en dos, no estaba seguro de poder volver a probar la carne.

En el fondo de los ojos de Ada Negre siempre había una tormenta.

—¿Estás bien, jefe? —preguntó Raimundo.

Miró por el retrovisor lateral para asegurarse de que los seguía el coche de Pepón. Luego agarró una botella de agua fría de la pequeña nevera incorporada entre los asientos traseros del vehículo. Bebió, pero no consiguió limpiarse las malas sensaciones.

—Ya veremos —dijo—. Si ella me lo pide, no puedo decir que no.

—Eso opino yo.

—Raimundo.

—¿Sí?

Francisco se tomó el esfuerzo de inclinarse un poco hacia delante, lo más que le permitían el dolor de la cadera y del brazo, para poner una mano sobre su hombro.

—Perdona por no haber podido confiar en vosotros y gracias por haber desconfiado de mí. Si me hubierais obedecido...

Raimundo, en escorzo, frunció los labios y negó, para restarle importancia.

—La cosa se dio como se dio, jefe —dijo. Luego clavó la vista en la carretera, pensando en aquello o en la vida, o tan solo en tanta muerte, demasiada para querer mentarla—. Las cosas se dan como se dan.

Almorzar en el Venicio no fue lo mismo que otras veces; demasiado olor, sabor y color relacionados con su padre. En la sobremesa, mientras charlaba un rato con el gerente, decidió que se desharía de ese blanqueador de pasta, que ya solo servía para crear futuros Venicios, sórdidos, desgastados y detenidos en el tiempo.

Su mujer se había llamado Francisca. Quizá se fugó con un camionero, quizá Venicio la mató y la enterró al lado de la gasolinera, en un campo seco, yermo, del que el ser humano se olvidaba hasta que ardía por un cristal de botella, el mismo campo que conectaba las ciudades y sus miserias, una ratera, una tumba dispersa pero infinita.

Venicio bebía y mantenía todo lo amable lejos de su alma; mil años que viviese, mil años que lo seguiría haciendo. Francisco se levantó sin despedirse. Le pagaría un finiquito generoso para olvidarse de él sin crearse más enemigos, y borraría el rastro del dinero con salfumán.

Fue a la cocina, donde la cuñada del gerente fregaba algunos cacharros, y le dijo:

—Estaba todo muy bueno.

Los analgésicos que tomó a media mañana le hacían efecto y el cambio de vendajes se había revelado esperanzador. Esa tarde visitó a la señora Krysta Zajac, de la que, por algún avatar inexplicable, la gente creía que era de origen rumano y a la que, por tanto, conocían como Krys Rumana. Francisco averiguó que era tan polaca como el papa Wojtyla, y dedujo que no le daba demasiada importancia a los apodos.

La dueña de la chatarrería había declinado mantener un encuentro en terreno neutral; en cierto modo, según su punto de vista, aquello era como pedirle a un cangrejo ermitaño pelear fuera de su concha contra una langosta.

Cuando llegaron, Francisco comprobó a través de la ventanilla abierta que en el aire seguía flotando cierto olor a quemado, a industria sobrecalentada, a pesar de que el trabajo de desaparición de cuerpos y vehículos había tenido lugar un par días antes.

El coche de Pepón entró detrás. Nada más detenerse, salió el chico nuevo, que dio una carrera para ayudar al jefe a sentarse en la silla de ruedas. Iba bien vestido, como el resto de sus hombres, pero lucía una cresta punk, llevaba tatuado el perfil izquierdo de la cara para representar la silueta de una calavera y tenía una cantidad nada despreciable de *piercings*.

Sus modales eran exquisitos.

—Gracias. ¿Cómo te llamabas?

—Arturo, señor.

—Arturo, me tenéis hasta los huevos, tú, el del diente de oro, el de los ricitos de oro… ¿No podéis presentaros como gente seria? Fíjate en Raimundo, joder.

El joven sonrió y asintió caballerosamente.

—Se hará lo que se pueda, señor.

Francisco dejó que empujara su silla de ruedas. El nuevo había empezado bien, encajando con deportividad; no soportaba tener gente a su alrededor que no las pillase. Cuando llegaron a los escalones de la oficina, hizo un gesto con la mano para que a nadie se le ocurriese intentar levantarlo en peso, y gritó:

—¡Señora, ya he llegado!

Los hombres de Krys Rumana no se dejaban ver. Era posible que se sintieran avergonzados por traicionar a su jefa, o que incluso le tuvieran miedo. También era lógico; por lo que le habían contado, para imponer disciplina la polaca solo necesitaba abrir la puerta de los perros y ordenarles, sin mover un dedo, que atacaran.

La mujer salió de la oficina. Seguía yendo en chándal, esta vez rojo mate, pero ya no llevaba un fúsil en las manos. Dirigió el ceño fruncido a Francisco, sin moverse del umbral, los brazos en jarras.

—Este sitio es mío a partir de ahora —dijo el jefe del clan de los Claros—. Pero tú no vas a quedarte tirada, no te preocupes.

La mujer soltó una risotada desafiante.

—¿Y cómo eso?

—He contratado a toda tu gente. Ahora pertenecen a mi organización.

En el silencio que sobrevino a la frase, Francisco escuchó que Arturo, el punki, murmuraba a su espalda: «¡Hostia!». A ese chico había que enseñarle urgentemente a jugar al póker. La mujer, por ejemplo, había abierto los ojos de modo casi imperceptible; era muy difícil darse cuenta de que acababa de recibir un mazazo inesperado. Calculaba probabilidades, leía los gestos de Francisco y, como buena jefa, se daba cuenta de que debía tomar una decisión, y que no iba a llegar nadie a hacerlo por ella.

Luego miró a su alrededor y comprobó que estaba sola.

—*Casdamí… ¡Laya!* —gritó para que la oyeran los suyos, donde quiera que estuviesen.

Volvió a mirar a Francisco, soltó todo el aire caliente que había guardado y pareció rendirse a la evidencia.

—Feo lo que has hecho…

—Son gente leal, pero pagas muy poco, amiga.

—Hablaré con patriarcas. Este mío, ¡mío!

—Puedes hablar con los patriarcas, a ver si no me conocen, o puedes seguir llevando la misma vida de antes, ganando mucha más pasta, y estar protegida por el clan de los Claros. Los tuyos y los míos. ¿Qué te parece? Te estoy ofreciendo ser mi distribuidora y que blanqueemos dinero juntos. Acabo de cerrar una lavandería. Necesito otra.

La mujer parecía de repente muy cansada. Se sentó en una de las sillas del exterior y apoyó los codos en las piernas.

—¿Por qué?

—Piensa en lo que pasó el otro día aquí. Fue culpa tuya. Hay dinero que merece la pena aceptar y dinero que no.

Krysta asintió de un modo en que parecía que eso era algo que siempre había sabido, pero que había olvidado en los últimos años. —Tu vida va a cambiar a mejor, pero esto ya no va a ser un matadero de alquiler. En mi territorio no admito a nadie que se declare neutral; o estás conmigo o estás contra mí.

—Otra gente se enfadará.

—Hay gente que siempre está enfadada, amiga —respondió Francisco—. No merece la pena complacer a la gente que está siempre enfadada, porque nunca dejan de pedir. Ahora, ¿quieres que hablemos de dinero? ¿En concreto?

La mujer se sopló un mechón rebelde de pelo. Luego resolvió deshacerse la cola de caballo y volver a recogerla. Mientras, buscaba con la mirada a sus hombres, como si quisiera decirles un par de palabras, pero no estaban por allí.

—Hablamos de dinero —dijo—. ¿Tú generoso? A ver.

Desde su despacho de arquitectura, que era su centro de negocios, Francisco contó a Sokolov lo que creía que debía saber. Lo hizo cuando este le llamó por teléfono para agradecerle el detalle que había tenido al enviarle una cesta con los mejores productos de la tierra: morcón, vino dulce y manzanilla, un tarro de miel y otro de manteca colorá con zurrapa de lomo.

Precisamente lo que Francisco había buscado era que la llamada partiese del otro, y fuese de cortesía.

Sin entrar en detalles, le aseguró que había descubierto lo que necesitaba saber sobre la relación entre Arman y su padre, y que había cerrado de modo violento esa puerta hacia el pasado. El ruso entendió lo que aquello significaba; dio por zanjado el asunto. Luego le dijo a Francisco que en breve le llegarían abonos de temporada de todos los equipos en los que había invertido dinero, por si quería tomarse unos meses sabáticos practicando turismo deportivo.

Aquella propuesta era muy atractiva, aunque Francisco Claro dudaba que pudiera permitirse emplear tanto tiempo en, simplemente, ser feliz. Además, tenía algo que dejar claro a ese grandísimo cabrón que, al fin y al cabo, no dejaba de ser un viejo mafioso ruso.

—Ivan —dijo antes de despedirse—, gracias. Me has salvado la vida.

Sokolov gruñó un poco y respondió:

—Me pone triste eso. Si me hubiera preocupado en su momento...

—No creo que estés triste. Creo que me has avisado cuando te convenía, porque lo que provocaste con tu llamada era que te quitase a unos cuantos enemigos de en medio, ¿verdad? ¿Ibas a las fiestas secretas de mi padre? ¿Te tenían cogido por los huevos?

Rumiar aquella idea la había mantenido como intranquilidad más que certeza, pero, al pronunciarla en voz alta, se dio cuenta de que encajaba como un cuchillo en la vaina.

—Francisco...

—No pasa nada, Ivan. Eres un buen amigo, lo que sucede es que, en nuestro mundo, un amigo es el tiburón que tienes al lado, que devora la misma presa y te mira de reojo.

Dejó pasar un par de segundos y colgó. Desde que era jefe, se había acostumbrado a colgar sin despedirse, a ventilar problemas, a solventar relaciones; no necesitaba más literatura para dejar claro a Sokolov que, la próxima vez que intentase manipularlo, lo destrozaría sin necesidad de reunir pruebas.

Además, debía despachar otros asuntos.

—¡Dile que pase! —gritó.

No se imaginaba a uno de sus hombres atendiendo sus exigencias a través de uno de esos aparatejos que usaban los secretarios; algunos aspectos de su negocio siempre se tramitarían a viva voz, ya fuese el siglo XX, el XXI o el que viniera después.

Arturo, el punki, abrió la puerta del despacho para dejar pasar a Ada Negre. Estaba vestida exactamente igual que cuando la conoció en el Venicio, ropa oscura de motera, botas e incluso la misma mochila militar. Aquella vez no había tenido de ella más que buenas referencias.

«Me cago en la leche...», pensó.

—Siéntate, Ada.

Ella dejó la mochila en el suelo, y también dejó resbalar ese par de segundos que indicaban que se sentaba porque le parecía bien, no porque hubiera recibido ninguna orden.

—Siento lo del perro —dijo.

Aquello cogió de improviso a Francisco. Para él habían pasado muchas cosas y algunos días desde la batalla campal, tratamientos de primeros auxilios, duchas y almuerzos, reflexiones y remordimientos, decisiones empresariales. Sin embargo, era como si Ada acabase de salir de la refriega, lo que le hizo pensar sobre el lugar concreto en que vivía la cabeza de esa mujer. ¿Qué había hecho estos días, sentarse a afilar un cuchillo mientras veía películas?

—No te preocupes. Por los años que han pasado, no creo que fuera Tormenta.

—Ya. Pero era un perro.

Ada traía consigo la realidad de las cosas, la fea, afilada e innegable realidad de las cosas, y no se enforzaba en esconderla. Era tan dura que no necesitaba escaquearse de los remordimientos, o quizá, simplemente, su personalidad se encontraba en algún punto funcional del espectro autista y le importaba una mierda echar sal en las heridas si pensaba que alguna conversación se había cerrado en falso.

—Bueno, chica, tengo que pagarte —zanjó Francisco—. El que paga, descansa.

Ada asintió.

—Al final no te mandé los pañales usados —dijo.

Francisco sonrió y encogió la nariz fingiendo desagrado. Le había dado muchas vueltas a la idea de Raimundo; lo cierto era que, junto a Ada Negre, se sentía seguro, y necesitaba esa seguridad física. Había recibido el pago de los cinco millones de euros por parte de la organización de Carlos, había convertido la vieja finca en una torta de cemento, pero todo aquello le había parecido demasiado fácil, hasta un punto peligroso, como dormir bajo un techo teóricamente intacto que ha sufrido un terremoto.

Así que dijo:

—Doscientos cincuenta mil euros. Es una pasta. Te propongo una cosa: mis hombres cobran, dependiendo de la responsabilidad, entre cinco y quince mil euros al mes. Digamos que te pago solo cincuenta mil ahora, y te contrato por una nómina de quince mil euros mensuales. Serías mi guardaespaldas. ¿Qué te parece?

—Pero ¿tú cuánto coño ganas?

Mientras el hachís siguiese siendo ilegal, Francisco Claro podría enterrarse en un mausoleo de oro macizo, y ganaba más o menos lo mismo con el tráfico de armas y drogas sintéticas. También tenía propiedades en alquiler y negocios a través de testaferros, concedía préstamos a un interés razonable, con una tasa de morosidad ínfima, por la cuenta que les traía a sus clientes, y unos chicos de Andorra jugaban por él en bolsa.

La única respuesta a esa pregunta que Ada Negre necesitaba era una sonrisa.

—¿Y bien?

Ada lo miró un par de segundos con una intensidad algo distinta, más humana. Luego sacó un sobre de algún bolsillo interior de la chupa mientras decía:

—No me jodas que estás regateando con tu vida. Así es como los ricos os hacéis ricos, ¿verdad? Mira, aquí tienes las instrucciones para pagarme el cuarto de kilo.

Le pasó el sobre. Francisco frunció el ceño, extrañado, pero Ada se puso un dedo en los labios, pidiéndole cautela, y luego hizo un molinete con la mano para que le siguiera el rollo.

—Tú págame lo que me debes, y cuando necesites algo de mí, estaré por la zona.

—¿Segura? No suelo hacer una oferta dos veces.

Abrió el sobre y vio unas fotografías de un tipo con bigotillo sentado en el sofá de un cuartucho y del mismo tipo entrando en lo que parecía la puerta de un bungaló. También había una nota.

—Ahora mismo no me interesa hacer planes a largo plazo —dijo Ada—. Un día estamos aquí y otro día nos levantamos con hormigas en la boca. Sobre todo, yo.

La nota decía: «El CNI me tiene. Planean tenerte a ti también. Si quieres, me lo cargo. Si quieres, te consigo una reunión. Se llama Mateo Duncan».

Tragó saliva y dijo lo más que se encontraba capaz de decir en ese momento:

—Ajá.

Levantó la vista para contemplar la tranquilidad exasperante con la que aquella loca de los cojones esperaba una respuesta. Por un instante deseó rebobinar la misma vida para haberle dicho a Arturo, el punki, que no la dejara entrar en el despacho.

¿Aquello era real?

—Es que me gustaría comprarme una moto nueva —añadió Ada Negre—. Y guardar algo para, ya sabes, el dentista.

—Claro.

Era real. Lo que le estaba planteando era real y, ni más ni menos que la madre, la abuela de todas las decisiones que había tomado hasta el momento. Convertirse en una especie de agente del CNI dentro del mundo del crimen o cargarse a uno de ellos. Sin embargo, una emoción animal lo arrebató desde el dolor de los balazos, desde el recuerdo del tiroteo y de cómo aquella mujer lo había mirado antes de colarse en la casa de la muerte, a dos pistolas, para seguir matando.

El filete estaba en la entrada de la cueva. Francisco sonrió. Consiguió que también sonriera Ada Negre bajo una mirada que bajaba hacia él desde el trueno.

Al fin y al cabo, eso era ser jefe: mirar al centro de la tormenta y tomar decisiones.

Epílogo

Menta

Juan Moreno tuvo una pandilla de amigos en el colegio con los que jugaba al baloncesto o al fútbol, robaban y se reían de todos, y se metían en peleas que sabían ganadas de antemano. Cada uno tenía un mote, y el suyo era Menta porque siempre le olía la boca de puta madre. Le parecía que juntos se comerían el mundo para desayunar y el universo para merendar, y por el camino se beberían los ríos y las lagunas, pero el único príncipe entre ellos era Domi, que acabaría dejando FP para trabajar en el clan de los Claros, donde su padre era un hombre importante.

Así que Menta, en cuanto tuvo edad para dejar los estudios, se tiró al fango con su padre a mariscar coquinas, y se curtió las manos cogiendo erizos con los garabatos de hierro forjado, aprendió a ensartar chocos cuando salían de su refugio, se quemó como una almendra, se cagó de frío, se jodió el ánimo y maldijo muchas veces, reventado.

Como ninguno de los dos tenía licencia, las multas acabaron llegando. Un día Domi lo vio en la calle, recogiendo a toda prisa la mesa donde vendía caballas porque le habían soplado que venían los municipales. Domi le dijo: «¿Qué coño pasa?». Y le arregló la vida.

O se la estuvo a punto de joder.

El caso es que lo metió en el negocio del hachís, donde ya estaban otros colegas del barrio, y Menta comenzó a ganar pasta con muy poco esfuerzo. Su padre le había retirado la palabra, pero dejó que Juan se hiciera cargo de las multas, de las facturas de electricidad y agua, y finalmente del alquiler. El poco esfuerzo de Juan Moreno se transformó en un esfuerzo distinto. Iba al gimnasio con la pandilla, se vestía como ellos, lucía como ellos y hablaba como ellos, pero durante los años en que se habían perdido la pista,

Menta había dejado de ser uno de ellos, a base de frío y de sacar coquinas del frío fango.

Los colegas empezaban a desbarrar por derecho, seguían siendo los matones de siempre, porque no les había caído lección de humildad alguna, pero esta vez eran matones en toda la ciudad, en varias ciudades de alrededor, y eran matones para cualquiera, para trapicheros y para gente trabajadora como lo había sido siempre la familia de Juan.

Desbarraban por derecho en las noches salvajes, con luna llena, y Juan tenía miedo de que la tomaran con él si dejaba de seguirles la corriente. Peleaba como cualquiera, pero sabía dónde estaban sus límites y, aunque podía haber tumbado a Domi o a Santana o a cualquier otro, porque se había ganado su fuerza luchando contra los elementos, siempre decidía no hacerlo.

En el fondo, los despreciaba, pero también los quería, y se volvía a su casa roto en dos partes para ver a un padre que ya no le hablaba, a una madre que no le ordenaba que dejara de traficar con drogas, y se sentía solo como un huérfano; el dinero había arrasado cualquier límite en su casa, o, más bien, la pobreza.

Luego llegó el asunto de los tipos con los anillos de la piedra roja, y Juan Moreno decidió que tendría que ser su propio padre, poner pie en pared con un asunto que no iba a traerle más que desgracias y dolor de estómago. Dejó tirados a los suyos en el último momento, apagó el móvil y se encerró en su cuarto para ver la tele. Tenía todos los canales imaginables, pero en ninguno ponían el parte de lo que iba a ser de él al día siguiente.

Hasta que el día siguiente llegó, y el otro, y no pasaba nada. Y llegó la noche sin que pasara nada y sin que se atreviera a salir, y de madrugada su padre tocó a la puerta del cuarto, se encontró a su hijo enfermo de miedo, se sentó con él en la cama, le cogió la mano como si fuera un niño, callo contra callo, calor contra frío, y le dijo lo que se comentaba en el barrio: que habían matado a Domingo Fossati y a toda la pandilla, y que habían tirado sus cuerpos al mar.

Como si fuese parte de un plan, un premio por haber comenzado a tomar buenas decisiones, a los pocos días, Juan se enteró de la existencia de unos cursos gratuitos de Acuicultura y fue capaz de resolver el papeleo necesario para apuntarse. Llevaba tiempo dándose cuenta de que su padre no podía volver a tirarse al fango. Todos los días tenía inflamadas las rodillas o las muñecas y su cuerpo no soportaba más humedad.

Habló con sus padres y les puso sobre la mesa, literalmente, el dinero que había podido ahorrar hasta entonces: siete mil euros. Con eso deberían poder aguantar unos meses hasta que acabase el curso de Acuicultura y encontrase trabajo de algún tipo, uno con el que no corrieran el riesgo de que los volvieran a hundir a multas. Aquello suponía un alivio, no tanto una esperanza, ya que, si algo se aprende gracias a la necesidad, era a tener un trato con la esperanza dosificado y profesional; los pobres debían medirla en mililitros.

Al ver aquel dinero, Juan recordó algo que lo dejó preocupado. Como penúltimo mono del clan de los Claros, se le dejaba llevar encima doscientos euros para gastos, y tenía que rendir cuentas en caso de que los gastos se produjesen. No solo no se había presentado ante nadie para devolver el dinero, sino que ni siquiera había dicho que dejaba la organización.

Habían desaparecido todos, Domi, el Careta, el Moro y Santana, todos los que conocía. ¿A quién debía devolver esos doscientos euros para evitarse problemas en el futuro? Quizá se tratase de una de esas cosas que era mejor no remover.

Como si fuese parte de un plan, un castigo por no haber devuelto el dinero, el curso quedó paralizado a la espera de presupuesto, y el presupuesto estaba pendiente de negociaciones políticas a un nivel que, para el día a día de Juan Moreno, tanto daba si se resolvía en otro planeta. Los siete mil euros tardaron poco en convertirse en seis mil, cinco mil, tres mil quinientos, y los huesos de su padre no mejoraban ni siquiera en casa, pero tampoco se estaba quieto y había cambiado el fango de las marismas por el fango del bar.

Esto, en contra de lo que podría ser previsible, había mejorado su carácter; hablaba frecuentemente con Juan para contar batallitas del pasado y, en ocasiones, intimidades que comenzaban a hacer que el chaval echase de menos su anterior cabreo. La que casi le había retirado la palabra era su madre.

El mensaje de aquel silencio era cada vez más claro para Juan: sácanos de la mierda. Y Juan miraba la nuca de su madre mientras esta fregaba, miraba su perfil antes de salir a la calle mientras veía la tele, y desde su propio silencio le gritaba: «¿Es que quieres que me maten?».

Y los tres mil quinientos euros se transformaron en dos mil, y luego en mil trescientos, y, para colmo de males, hubo una subida de tensión en el barrio que se cargó al mismo tiempo los dos televisores y el ordenador de Juan. De esto se enteró al volver por la tarde de echar currículos en aquellos sitios donde se los aceptasen a pesar de la Ley Orgánica de Protección de Datos. Entonces su madre, que llevaba un buen par de días sin abrir la boca, le dijo que se habían quedado sin tele, y se lo dijo como si él tuviese la culpa.

Juan respiró, tranquilo. Se llevó la mano a la boca para echarse el aliento y olerlo. Luego se puso a masticar un chicle y se arrodilló delante de su madre. Le apartó un rizo de la frente, le cogió las manos. Le dijo:

—Mamá, mírame.

Su madre lo miró, claro que lo miró, pero intentó ignorarlo.

—Si quieres que vuelva a vender droga, dilo. ¿Quieres que vuelva a vender droga?

Entonces consiguió que lo mirase. Consiguió que sus ojos se encogiesen con el dolor y la vergüenza más puras. Consiguió que fuese consciente de la realidad y que lo agarrase de los rizos, y le acariciase el cuello y que le dijese:

—No, mi vida, no, cómo voy a querer yo eso...

—Entonces, ¿por qué estás enfadada conmigo?

—¡Porque ese dinero era de la droga! —gritó. Luego lo abofeteó—. Porque era de la droga. Porque te conozco y sé que te lo estás pensando.

—¿Y qué hago, mamá?

—¡No lo sé!

—¿Qué hago?

Su madre tragó saliva y se sorbió los mocos. Era consciente de que se le había corrido el rímel y, con precisión quirúrgica, usó la punta de los dedos para limpiarse.

—Qué vas a hacer, mi vida. Tirarte al fango.

Se abrió la puerta del pequeño cuarto de baño. El padre salió mientras se ponía bien las mangas de la camisa. Era uno de esos días en que había bebido algo menos y se encontraba menos contento, más centrado.

Cojeó hacia el salón debido al dolor de las rodillas y sentenció:

—El niño no vuelve al fango, para que se quede como yo. —Se sentó con esfuerzo en el sofá, cogió el mando de la tele, pero entonces pareció recordar que se había estropeado, y lo dejó en su sitio de vuelta—. El niño se queda en casa esperando a que salga el curso. Mañana voy yo a la piscifactoría de los esteros, a ver si hay trabajo.

—Chiquillo, como tienes tú las piernas... —dijo la madre.

—Allí hay que hacer poco esfuerzo.

El poco esfuerzo al que su padre se refería, Juan lo sabía bien, siempre conllevaba un peaje, y por ello se sintió un desgraciado y, al mismo tiempo, se sintió querido, protegido.

Fue a la alacena en la que guardaban el dinero que quedaba para tirar un par de meses.

—¿Tú no dices nada? —le exigió la madre.

—Así se quita un poco del vino —respondió Juan Moreno.

Volvió con cuatro billetes de cincuenta, doscientos euros que ya debería haber devuelto, y se los puso a su padre debajo del inútil mando de la tele. Lo adecuado habría sido decirle que lo quería, expresarle la misma cercanía y fragilidad que se podía permitir con su madre, pero aquello no era algo frecuente entre los Moreno. Aun así, le cogió la mano, callo contra callo, calor contra frío, y apretó.

Juan sabía a lo que su padre se estaba exponiendo con esa decisión, el trabajo al que se iba a dedicar y el sacrificio que hacía por él, ya que la piscifactoría, como era conocida por la mayoría de mariscadores, pertenecía a los Claros y servía para camuflar droga y distribuirla por la provincia. Aquello lo preocupó mucho, pero cualquier protesta en ese sentido solo haría disparar las alertas de su madre, y era mejor que ella no sospechara nada.

Su padre entornó un poco los ojos. Seguro de sí mismo como hacía tiempo que no se le veía, complacido, y un poco chulo, señaló los billetes con la barbilla mientras su hijo se incorporaba.

—¿Eso qué es, para el autobús?

Juan se sentó junto a su madre, los tres frente a la tele apagada, le cogió la mano y se la besó. Llegados a ese punto, aquella mano ya temblaba, porque la mujer era cualquier cosa menos tonta y sabía que le ocultaban algo. Podría haber hecho muchas cosas, pero tomó la decisión más difícil: consentir. Agarrar fuerte la mano de uno para dejar ir al otro.

—Cuando hables con el encargado, que le dé el dinero a Dani, de parte del Menta —le dijo Juan a su padre—. Y dile que estamos en paz.

—San Fernando, 19 de abril de 2021.